BUR
Rizzoli

Dello stesso autore in BUR Rizzoli

Vorrei che fossi tu

Lorenza Bernardi

Vorrei che fossi ancora tu

BUR
Rizzoli

Pubblicato per

BUR
Rizzoli

da Mondadori Libri S.p.A.

Prima edizione Edizioni Piemme S.p.A.: settembre 2016
Prima edizione Best BUR: giugno 2023

ISBN 978-88-17-18193-8

Seguici su:

www.rizzolilibri.it /RizzoliLibri @BUR_Rizzoli @rizzolilibri

PROLOGO

Dal diario di Bea

Giugno

Che cosa mi porto dietro da questo ultimo anno di scuola?

I "purtroppo": una fastidiosa professoressa di italiano che non mi sopporta (in realtà non ci *sopportiamo) e che è riuscita a farmi odiare la mia materia preferita; professori bizzarri che smerciano quattro come fossero caramelle. Infine la mia proverbiale e antipatica tendenza ad arrossire per qualsiasi cosa: ho una faccia che diventa la cartina tornasole del cuore. Bella roba!*

I "per fortuna": Andrea.

Andrea.

E ancora Andrea.

È trascorso quasi un anno da quando ho conosciuto Edward o, meglio, Andrea.

Per quasi dodici mesi, ci siamo scritti e messaggiati sotto mentite spoglie: lui Edward e io Bella, come i protagonisti della saga di Twilight.

Quasi dodici mesi fa ho ricevuto il suo primo messaggio sul cellulare (in realtà destinato a un'altra persona) e da lì è nato tutto.

"Ma tutto cosa?!" mi chiederebbe Anna, una delle mie migliori amiche, con la sua solita aria inquisitoria. Già, perché lei ha sempre creduto che la storia tra me e Edward (prima che sapessi che fosse Andrea) fosse un po' sbagliata.

Una storia a metà.

*Come poteva funzionare un'*amiciziamorosa *che si basava solo su messaggini, chat e cose così?*

Aveva ragione.

Alla fine le ho dato retta e Edward l'ho conosciuto davvero, scoprendo poi che era Andrea (e ora, a furia di alternare questi nomi, sto andando in palla pure io).

Solo un mese fa io e Andrea siamo andati al concerto dei Negramaro. E lì ci siamo baciati per la prima volta.

In quel bacio c'era tutto: il nostro inizio burrascoso, la conoscenza lenta e timorosa, le litigate, la sorpresa, la dolcezza, i sogni, la speranza che Edward e Andrea fossero la stessa persona, la voglia di lui, delle sue labbra, delle sue braccia intorno a me, le lacrime.

Ancora adesso quando ci penso mi emoziono, provo la stessa stretta allo stomaco, il desiderio di abbandonarmi al sentimento puro e struggente...

Schiaffi d'amore che ti lasciano stordita.

Meravigliosamente stordita.

Oggi però è successo qualcosa di nuovo, importante, bellissimo, ma che fa anche parecchia paura.

Andrea mi ha chiesto di fare una vacanza da soli. Io e lui.

E io bisogno di capire che cosa voglio davvero.

B.

PRIMA PARTE

Ti mando questa mela. Se mi ami,
prendila, e dammi in cambio la tua verginità.
Ma se non vuoi, prendila ugualmente
e pensa com'è breve la stagione bella.
Platone

«Io vado, eh. Ci vediamo a cena.»

Aveva già sigillato le orecchie con le cuffiette così non le arrivò nessuna risposta. Come ogni ragazza di diciassette anni, la musica faceva parte di lei, era la colonna sonora della sua vita. Era impensabile uscire di casa senza le cuffiette, senza uno spartito in sottofondo.

La musica ingentiliva la realtà.

Richiuse la porta dietro di sé e scese in box a prendere la bici: aveva un appuntamento con Anna. L'universo delle amicizie di Bea era formato sostanzialmente da tre persone, tanto diverse tra loro e anche per questo insostituibili.

Giacomo, suo compagno di banco dall'ironia contagiosa. Adorava le scarpe col tacco alto e giurava che prima o poi anche lui ne avrebbe indossato un paio.

Carlotta, detta Ciutz, amica dai tempi dell'asilo e ora studentessa al liceo artistico. Per lei non esistevano veri problemi nella vita, visto che tutto si poteva risolvere con un sano pomeriggio di shopping.

Infine Anna, che Bea definiva il suo grillo parlante, una specie di *daimon* saggio che sapeva indicarle sempre la giusta direzione.

Per Bea questi amici erano la medicina del cuore.

Ecco perché quel giorno aveva chiamato Anna, dopo una notte trascorsa distesa a pancia in su, con gli occhi che si aprivano e chiudevano a intermittenza. Si era rigirata più volte tra le lenzuola per cercare invano una posizione. Aveva provato anche a contare le pecore (perché mai un branco di pecore dovrebbe saltare una staccionata?), a concentrarsi sul respiro, a pensare solo a cose belle ma... niente. Solo alla fine, quando ormai si era rassegnata, il sonno l'aveva catturata.

«Ti devo parlare» aveva detto Bea al telefono con Anna. «Roba forte, preparati.»

«Devo portare un avvocato?»

«Scema.»

«Ma non ti vedi con Andrea?»

«Lascia stare Andrea» commentò nervosa. «E comunque con lui mi vedo più tardi, perché oggi deve studiare.»

Riappese.

Arrivarono tutte e due in bici un po' accaldate per l'afa di quel tardo pomeriggio.

«Coca ghiacciata?» chiese Anna, legando la bici al palo. Poi si passò una mano sul collo umido. «Santo cielo, sembra di essere nel Borneo.»

Si sedettero al tavolino del bar che affacciava su piazza Ariostea e ordinarono Coca ghiacciata, in barba alla congestione.

Rimasero in silenzio, guardandosi attorno: a entrambe piaceva osservare i passanti. Non era ficcanasare, solo un semplice interesse per l'universo umano.

«Be'?!» chiese Anna poco dopo. «Non avevi da raccontarmi qualcosa di urgente?»

«Dai, aspettiamo che arrivi da bere. Ho bisogno di buttare giù qualcosa» rispose Bea.

«Intendi alcol?» sghignazzò l'altra.

Proprio in quel momento il cameriere portò le bibite, e Bea ne prese una lunga sorsata. Poi schioccò la lingua e dichiarò tutto d'un fiato: «Andreamihachiestodiandareinvacanzaconlui».

Anna, con il bicchiere sospeso a mezz'aria, non realizzò subito. «Andrea ti ha chiesto cosa?!»

«Di andare in vacanza. Io e lui. Una settimana.»

Anna alzò le spalle. «Be'?! E dov'è il problema?»

«Come "DOV'È IL PROBLEMA"?!» urlò Bea.

«Sssh! Cosa urli?!»

Bea si ricompose, afferrò il bicchiere e prese un'altra sorsata. «Forse non hai capito» scandì. «Vacanza assieme. Ergo, si dorme assieme.»

«Quindi? Russi? Grufoli? Sbuffi? Canticchi? Schiocchi la lingua? Ti scende la bavetta?»

«Anna! Non fare la scema! Lo sai di cosa parlo!»

Altro sorso di Coca.

«Capito.» Anna fece passare la mano davanti alla faccia, dall'alto verso il basso, come a mimare una saracinesca che scende. «Ok, ora sono seria. Hai paura che i tuoi non ti lascino andare?»

«Non solo.»

Bea giocherellava nervosamente con il ghiaccio nel bicchiere, facendolo tintinnare. «Lo sai, Anna, con Andrea va alla grande, sto da dio con lui. E credo di essere innamorata persa. Lui ora finisce il liceo, è grande e io... lui... be', insomma, se andiamo in vacanza assieme...»

Bea lanciò uno sguardo implorante all'amica perché le venisse in aiuto.

«Parli di... *quello*?»

«*Habemus*, Anna! Proprio di *quello*. È che...»

«Ciao, pulce. Ciao, Anna.»

Le due ragazze si voltarono: Andrea le aveva appena sorprese di spalle.

Bea arrossì senza motivo, come se fosse stata beccata a fare qualcosa di male.

Lui si chinò per baciarla sulla bocca e lei arrossì di nuovo. Se si incendiava per un bacio davanti a tutti, chissà per una vacanza insieme! In un angolo del cervello maledisse il suo apparato cardiovascolare.

«M-ma non dovevi studiare?»

«Ho fatto una "pausa gelato": oggi si schiatta di caldo. Che c'è? Non volevi vedermi?»

Anche se era chiaro che Andrea stesse scherzando, Bea si sentì accusata. «Chi?! Io?! Ma che dici?!»

«Ehi, pulce, rilassati. L'esame ce l'ho io, non tu» rispose lui, dandole un buffetto sulla guancia.

Anna sospirò rumorosamente. «Sai com'è lei, così empatica. Vive le emozioni al cento per cen... Ahi!»

Bea le aveva appena tirato un calcio nella caviglia e ora la stava fulminando con lo sguardo.

Andrea notò quello scambio. «Magari ho interrotto qualche intima confessione, eh? Non si sa mai con voi ragazze...»

«Oh, niente di che... parlavamo solo di vacan... AHI!...» urlò di nuovo Anna, spostando la gamba di scatto.

Andrea sorrise e si chinò per baciare Bea un'altra volta. «Capito, vado. Ti chiamo dopo.»

«Ok.»

«Non ho parole!» esclamò Bea non appena Andrea si fu allontanato. «Non ti tieni nulla!»

«Oh, smettila! Piuttosto, andiamo a sederci sull'erba e cerchiamo di parlare sul serio, senza interruzioni.»

«E tu?» chiese Bea, appena raggiunsero l'aiuola più alta della piazza. «Non ti ho neppure chiesto come va con Alvise.»

Anna agitò la mano quasi scacciasse una mosca. «Uh, ci siamo lasciati ieri.»

«Oddio... E io che non ti ho chiesto nulla. Scusa...»

«Guarda che non è mica una tragedia, eh, sto bene. Semplicemente non funzionava, tutto qui.»

Bea avrebbe voluto chiedere cosa non avesse funzionato, ma non lo fece.

«E poi diciamocelo: che probabilità ha una storia che nasce a diciassette anni di avere un futuro?» continuò Anna.

Bea la guardò storto.

«Be', tranne la tua, ovvio» concluse Anna.

«È così che la pensi?»

«Che cosa posso farci se la separazione dei miei

mi ha regalato quest'ingombrante cinismo? Dai, racconta.»

«Che vuoi che ti dica? Che non vedo l'ora di andare in vacanza con lui, ma che ho una paura fottuta? Che bramo per ogni singolo minuto in cui possiamo stare assieme, ma adesso che finalmente potremmo trascorrere tutto il tempo che vogliamo, non riesco a pensare di stare sola con lui, per quello che può chiedermi?» Chiuse gli occhi e sospirò. «Io non so se è la cosa giusta da fare, non so se è il momento.»

Anna era sprofondata in un silenzio pensieroso.

«Senza contare» concluse Bea, «che mi sto lanciando in tutto questo casino emotivo quando ancora devo abbattere l'ostacolo più grosso: il permesso dei miei genitori.»

«Chiediglielo stasera.»

«Certo che tu la fai facile. Si vede che sei abituata ad affrontare un genitore per volta.» Si alzò.

«Ci sarà pure qualche vantaggio a essere figlia di separati.»

Bea alzò le spalle. «Magari ci provo.»

«A farli separare?»

Rise. «Sciocca. Intanto proverò a parlarci.»

«Ti ho convinta?»

«Tu sei il mio grillo parlante, no? Avevo bisogno di una spinta per decidermi. Ora vado, *l'ultima cena* mi aspetta.»

In un attimo attraversò la strada e balzò sulla bici, facendo piroettare in aria la lunga coda di cavallo. «Ti chiamo stasera per aggiornarti. Ciao!» urlò, agitando la mano.

Pedalò come una locomotiva fino a casa, tanto che quando varcò la soglia era sudata fradicia.

Eleonora, seduta a tavola, la guardò in tralice, senza dire una parola.

«Lo so, lo so, lo so! Sono in ritardo.»

A casa Zanardi c'era una regola: pranzo e cena erano sacri e si consumavano tutti assieme, con la televisione rigorosamente spenta. "Aggrega", sosteneva Eleonora.

Si lavò viso e mani poi raggiunse i suoi, che continuarono a parlare. Erano parecchio presi dalla conversazione, constatò Bea senza ascoltarli davvero, e con la forchetta si mise a giocare con il cibo: ammassò le carote da una parte del piatto e iniziò a bombardarle con i piselli come fossero palle da biliardo.

La chiacchierata con Anna le era rimasta appiccicata addosso.

Era ancora lì a domandarsi quale fosse il momento migliore per tirare fuori l'argomento vacanze, che non si accorse della domanda di suo padre.

«Bea?»

«Eh?»

I suoi genitori la stavano fissando.

«Dicevo: hai già pensato cosa farai ad agosto?» ripeté Diego.

Bea si ingozzò. Dovette bere un bicchiere d'acqua prima di smettere di tossire ed essere in grado di raffazzonare una risposta.

«Andrai via di nuovo con Ciutz?» le chiese Eleonora, addentando un pezzo di mozzarella. Si riferiva all'estate precedente, quando Bea era andata in vacanza con Carlotta.

Era giunto il momento, quindi?

«A dire il vero no» rispose Bea. *Dai, posso farcela.*

Si schiarì la voce. «Carlotta va in vacanza con Alex, il suo ragazzo.» Alzò un dito. «E a propos...»

«In vacanza con il suo ragazzo?! Ah, però!» esclamò sua madre alzando la voce. Poi si voltò verso il marito. «Ma hai sentito?!»

Diego annuì. «Sportiva, la ragazza!»

«Ma anche i genitori, direi» continuò Eleonora. «Mah...»

Bea, ancora con l'indice a mezz'aria, riprese a mangiare: il futuro della sua estate pareva più incerto del previsto.

Qualche ora dopo... in chat.

Andrea: Ciao pulce. Allora? Che ne dici della mia proposta? Partiamo? Perché lo sai, vero, che senza di te non vado da nessuna parte? 😉

Bea: La faccenda è più complicata di quel che pensassi.

Andrea: Fammi indovinare... C'entrano per caso i tuoi?

Bea: Pazzesco quanto sei intelligente!

Andrea: Eh lo so. Vuoi che ci parli io, ai tuoi?

Bea: Ma sei impazzito?!

Andrea: Guarda che di solito faccio un'ottima impressione alle mamme.

Bea: Di solito? Mamme?! Mi sono persa qualcosa e ti devo spaccare quella tua bella faccetta?

Andrea: Adoro quando fai l'aggressiva.

Bea: Senti, continuiamo a chattare o mi chiami?

Andrea non tardò un minuto di più.

«Allora ti passo mia madre?» rispose Bea ironica.

«Sì, passamela, dai. Così almeno domani posso fare i biglietti per il traghetto. Lo sai che io sono il mago dei biglietti regalati.»

Bea sorrise ricordando il giorno del concerto dei Negramaro, a maggio, in occasione del suo compleanno. Andrea, che ancora non le aveva rivelato di essere Edward, le aveva regalato due biglietti lasciandole la libertà di scegliere da chi farsi accompagnare. Lei aveva scelto Edward, ma poi davanti allo stadio si era presentato Andrea, rivelando finalmente la sua vera identità.

«Oh! Stavo scherzando!» si affrettò a dire Bea.

«Io no. Dai, passamela.»

«No che non te la passo! E non è questa la soluzione giusta... Io li conosco i miei genitori, e devono essere affrontati mooooolto alla larga. Soprattutto per un argomento così... così...»

«Scottante?» chiese lui.

Bea non poteva vedere Andrea, ma avrebbe scommesso che lui stesse ridacchiando. Non rispose. Il suo silenzio equivaleva a un sì.

«Ok. E quale sarebbe il famoso "Piano Zanardi"?»

Bea sbuffò. «Temporeggio ancora un po' e...»

«Sì...?»

«...e poi magari chiedo a mia madre di fare shopping assieme. È una cosa che adora fare con me e la mette di buon umore.»

«Mmm... e poi?»

«E poi le chiedo il permesso di venire in vacanza con te.»

«E tuo padre?»

«Lo sai benissimo che è il parere di mia madre che conta: scalfita la sua titubanza sarà tutta discesa.»

«Sì, be', un classico di ogni famiglia. Comunque ok, facciamo come dici tu.»

«E incrociamo le dita.»

Silenzio.

«Come va lo studio?»

«Va, ma non ne posso più. Stasera non riesco a uscire, scusa. Non vedo l'ora di togliermi questo esame e andare in vacanza con te. Ho voglia di tempo per noi, Bea, giornate nostre. Voglio girare la Corsica con te, in moto, l'aria calda addosso, sentirmi libero con te.»

Silenzio.

«E voglio svegliarmi la notte con la voglia di baciarti e avere la possibilità di farlo.»

Altro silenzio.

«Bea, ci sei?»
«Sì... sì. Vado.»
«A dormire?»
«Sì.»
«Bea?»
«Eh.»
«Niente... Ti bacio.»
«Anch'io.»

Alla fine uscirono davvero, Bea e sua madre.

Quando la figlia le propose di fare shopping assieme ("Mi servono un paio di jeans skinny... un lucidalabbra... un costume: cose così."), Eleonora esultò, tanto che Bea si sentì un po' in colpa: invitarla a uscire non era una proposta del tutto disinteressata. *Ma è per una buona causa,* si giustificò fra sé. *La mia.*

Andarono nei negozi preferiti da Bea, ma soprattutto da Eleonora (una scelta pilotata) e la figlia cercò di coinvolgere la madre in ogni scelta.

Era un unico entrare e uscire dai camerini, con Eleonora che zampettava tra appendiabiti e scaffali.

«Tieni, prova questi jeans: secondo me ti staranno un incanto. Io intanto chiedo alla commessa se hanno una taglia più piccola di quelli lì che hai appena provato: ti facevano un po' difetto dietro, non trovi? Questi altri invece erano perfetti.» E sfarfallava via felice.

Bea obbediva paziente, anche se al terzo paio di pantaloni cominciò a fremere: al contrario di sua madre, a lei non piaceva molto andare per negozi. O meglio, di solito comprava a colpo sicuro, senza indecisioni.

Alla fine del pomeriggio, lo shopping poteva dirsi concluso. Madre e figlia camminavano per la piazza del centro cariche di sacchetti e sacchettini, tipo in *Pretty Woman*.

«Ti va un aperitivo al Leon d'Oro prima di tornarcene a casa?» chiese Eleonora.

È fatta, pensò Bea. *Quando propone l'aperitivo vuol dire che è dell'umore giusto. L'ho fiaccata con lo shopping, e ora è il momento di sferrare il colpo finale.*

Si sedettero a un tavolino e ordinarono due analcolici alla frutta. Eleonora smangiucchiò qualche oliva, guardandosi intorno. «Gran bel pomeriggio, Bea, grazie. Dovremmo farlo più spesso. Sembra quasi di essere in vacanza, non trovi?»

Non ci poteva credere: la madre le stava pure offrendo l'assist. «Ehm... a proposito di vacanze...»

«Sì?» disse Eleonora tutta sorridente mentre sorseggiava l'aperitivo.

Un uccellino si appollaiò sulla sedia vuota accanto a loro in cerca di qualche briciola ed Eleonora gli offrì un piccolo pezzo di salatino, deliziata da quel momento bucolico.

«Sai, no, che ti ho detto che Ciutz partirà con Alessandro?» continuò intanto Bea, guardando la madre di sottecchi.

«Certo che mi ricordo» disse. «E chi se la dimentica una notizia così.»

«Sì, sì, l'hai già detto. Ma non è questo il punto. O meglio, un po' c'entra, nel senso che...»

Eleonora sussultò, spalancò gli occhi e all'improvviso afferrò la mano di Bea.

«Ho capito!»

«Sul serio?!»

Eleonora era tutta un sorriso. «Ma certo! Se no perché mi avresti chiesto di fare shopping, comprare vestitini, e pure il costume?!»

Anche Bea sorrideva, confusa ma speranzosa. «Eh... Perché?!»

«E perché mi avresti parlato delle vacanze di Ciutz? Ora è tutto chiaro!»

Possibile che la stia prendendo così bene?, pensò Bea.

Sorrisone di Eleonora. «Ovvio, no? Ciutz non può venire in vacanza con te, quindi...»

Sorrisone di Bea. «Quindi?...»

«...Quindi mi stai chiedendo di partire con me e papà!»

Bea per poco non stramazzò a terra.

«*Massì*. E sei stata così carina da coinvolgermi nello shopping! Era una specie di indovinello, un rebus tra madre e figlia. Perché si va a fare compere assieme?» disse, con la voce in falsetto. Poi abbracciò di slancio Bea. «Dovevo capirlo prima, scusami. Era una tua richiesta silenziosa di tornare un po' nel nido, è naturale.» Scosse la testa e sospirò. «E io e papà, invece, che pensiamo sempre che tu sia così grande...»

Eleonora afferrò l'altra mano di Bea, che sembrava di cera. «Ci divertiremo un sacco noi tre insieme.»

Ore 19.30, messaggio di Bea ad Andrea.

Bea: Ok. Facciamo a modo tuo.

Bea non riusciva ancora a capacitarsi di come ci fosse riuscito, ma ora stringeva in mano due biglietti per la Corsica.

Andrea, il mago dei biglietti.

Più o meno era successo così: quella sera, con la scusa di passare da lei, Andrea aveva chiesto ai genitori di Bea di fare due chiacchiere. Nel frattempo Bea aveva adottato la strategia dello struzzo, ovvero si era dileguata dicendo che doveva lavarsi i capelli. In realtà, appena uscita dal salotto, si era appostata dietro l'angolo del corridoio e aveva ascoltato.

«Per quanto riguarda le vacanze» aveva esordito lui, «Bea voleva chiedervi se poteva venire con me.»

Gelo.

Bea era rimasta in apnea. Si aspettava di sentire la testa di sua madre che si staccava come un capitello e si sfasciava al suolo. Si era immaginata le espressioni sgomente, lo sguardo imbarazzato, la confusione in testa.

Così si era allontanata per non ascoltare oltre, temendo che si scatenasse l'inferno.

Ma dopo appena cinque minuti, Andrea l'aveva

raggiunta in camera con un sorriso trionfante, facendola rimanere di stucco.

«A volte è più facile di quel che sembra» le aveva confessato. «Domani vado in agenzia a fare i biglietti.»

Lei aveva sgranato gli occhi con la mascella penzoloni.

«Be', sei bella con quell'espressione» l'aveva presa in giro lui.

«E i miei? Ma come hai fatto? Loro erano... erano...»

«Ho semplicemente detto che sei una ragazza a posto: sei brava a scuola, sei responsabile e ti guadagni pure qualche soldo con le ripetizioni a mia sorella. E guarda caso anch'io non sono proprio un delinquente.»

«E...?»

«E niente! È bastato farli ragionare, sottolineando anche che hai *già* diciassette anni. E alla fine hanno capitolato.»

«Ah.»

È vero. A volte è più facile di quel che sembra, pensò Bea, stringendo i biglietti per la Corsica.

Ma invece di godersi l'attesa prima della partenza, non faceva altro che pensare a quel vecchio detto: "gli dèi, quando vogliono punirci, esaudiscono i nostri desideri". Perché?

Ricorse a Ciutz, colei che aveva sempre la soluzione a tutto, la cui spensieratezza riusciva ad azzerare qualsiasi cruccio, a cacciare giù nel fondo della coscienza qualsiasi dubbio, perché nella sua visione del mondo le cose erano semplici e basta.

E poi, andando anche lei in vacanza con il suo ragazzo, le avrebbe potuto dare una prospettiva diversa. Sì, l'avrebbe esortata a essere *per forza* felice e chissenefrega di quel senso di disagio che si sentiva dentro.

Sì, ci voleva Ciutz.

Ciutz era la risposta a tutto.

«Quindi hai abbattuto la Granitica Difesa Zanardi?!» esclamò Ciutz al telefono.

«Non *io*» precisò Bea. «È stato merito di Andrea. È venuto a parlare con i miei...»

«*Comecomecome*?! Con i tuoi?!»

«Eh. Non sto a raccontarti tutto il macello che era successo prima» continuò Bea. «Sembrava la fiera degli equivoci. In breve: mia madre pensava che io le stessi chiedendo di andare in vacanza con loro.»

«NOOOOOOOOOO!»

«Sì! Infatti, quando Andrea ha preso in mano la situazione, lei si è risentita. Mi ha detto che potevo avvisarla che aveva frainteso, così avrebbe evitato di fare una figuraccia.»

«NOOOOOOOOO!»

«Sì! Per due giorni non mi ha parlato.»

«NOOOOOOOO!»

«Ciutz, finiscila con i "No!" a tutto quello che dico» replicò spazientita. «Piuttosto: che cosa stai facendo? Usciamo?»

«Quando?»

«Ora!»

«Adesso non posso, dammi almeno un'ora. Sono alle prese con un lavoro molto delicato, una questione di vita o di morte.»

«Tu?! Del tipo?»

«Smalto rosso. Hai notato che quando lo si spennella sulla mano destra si rimane in apnea per non sbavare? Ecco, sto per morire per mancanza d'ossigeno.»

«Volevi chiedermi un consiglio sui costumi da bagno?» chiese Ciutz arrivando in bici nei pressi del Leon d'Oro. Intanto sventolò le unghiette laccate di rosso.

Bea le afferrò una mano e l'osservò da vicino. «Quindi non sei morta asfissiata.»

«Per ora no. Come va?»

«Sono in fibrillazione, Ciutz. Questa storia della vacanza da una parte mi elettrizza, ma dall'altra... boh, non so.»

«"Boh non so". Cavolo, Bea, stai scherzando, vero? Punto primo: vai in Corsica. Punto secondo: sole, mare e albergo!»

«A dire la verità noi andiamo in tenda, Ciutz...»

Carlotta squadrò Bea con un'espressione corrucciata, come se la frase le fosse arrivata con un'interferenza. «Tenda?!»

«Hai presente quella specie di casetta in tela con le cerniere e le finestrelle che si avvolgono e...»

«Bea! Lo-so-benissimo-che-cos'è-una-tenda! Solo che non appartiene al mio immaginario, ecco.»

«Sei la solita snob, Ciutz. Possibile che non riesci a contemplare un viaggio senza comodità?!»

«Tesoro, non credo che un letto che non debba essere gonfiato con una pompetta, un bagno con una vasca o una doccia e un water tutto per te si possano chiamare comodità. Questo è il basic, come un paio di jeans Diesel nell'armadio.»

In effetti l'immagine di Carlotta che si dirigeva in un bagno pubblico con un rotolo di carta igienica sotto il braccio era qualcosa di esilarante.

A Bea venne da ridere.

«Comunque, dove eravamo arrivate nella conta? Ah sì, al punto secondo. Punto terzo: vai al mare da sola con il tuo ragazzo! Smile!» Ciutz si puntò due dita agli angoli della bocca tirandoli verso l'alto.

«Appunto. Noi non abbiamo ancora affrontato... certi temi... insomma... È solo da qualche mese che stiamo assieme...»

Ciutz partì a razzo. «Stiamo dunque parlando di... sesso?!»

Bea le tappò la bocca con una mano. «Ma sei impazzita? Abbassa la voce?!» urlò sussurrando.

«Mmfff!» fece Ciutz, che si dimenava per cercare di liberarsi. Ma Bea l'aveva bloccata con la sua famosa "presa del pitone": anche Andrea soccombeva quando facevano la lotta.

Appena Ciutz fu libera, tirò fuori dalla borsetta lo specchietto.

«Se mi hai spiaccicato il lucidalabbra ti ammazzo, Zanardi.» Si controllò. «Sei fortunata, va'.»

Richiuse lo specchietto con un *CLIC* e le sorrise. «Allora? Prendiamo un gelato così parliamo di...»

Bea sgranò di nuovo gli occhi e Ciutz sogghignò furbetta. «...Corsica, intendevo Corsica. Che cosa pensavi?!»

Ma Bea non tirò più fuori il discorso, accorgendosi che era difficile parlare di certe cose. Certi sentimenti, certe emozioni, certe paure non possono proprio essere raccontate e il loro destino è quello di rimanere lì, in una specie di limbo tra il cuore e la pancia. A sedimentare.

Così quel pomeriggio, da momento speciale di confessione, divenne solo uno dei tanti che una ragazza di diciassette anni potrebbe collezionare. E Bea realizzò con certezza quanto le fosse difficile parlare di sé, di Andrea e della loro futura intimità.

Dal diario di Bea

14 agosto

Siamo arrivati in Corsica. Il viaggio non è stato proprio tranquillo, il mare era agitato e ha pure cominciato a piovere. Quando siamo scesi dal traghetto stavamo malissimo e Andrea ha dovuto fermare la moto due volte perché a me veniva da vomitare.

E quando siamo arrivati al campeggio di Bonifacio diluviava.

Che gioia montare la tenda sotto secchiate d'acqua.

Avremmo voluto cucinare qualcosa col fornelletto, ma era impossibile, così siamo andati alla pizzeria del campeggio e abbiamo cenato con due pizze al formaggio emmenthal.

Emmenthal. *E non aggiungo altro.*

Alle nove abbiamo deciso che la giornata poteva considerarsi conclusa e, una volta tornati in tenda, siamo crollati addormentati.

Welcome in Corsica!

L'indomani Bea si svegliò con la sensazione di essere osservata. Aprì prima un occhio, poi l'altro, ritrovandosi il viso di Andrea a pochi centimetri dal suo. Si sosteneva la testa con una mano e con l'altra accarezzava la pancia di Bea.

«Era ora che ti svegliassi» sorrise.

Bea si tirò su a sedere scostando la sua mano.

«Da quanto tempo mi stavi fissando?» chiese voltandosi veloce dall'altra parte. Era terrorizzata di avere l'alito cattivo. Poi si stropicciò veloce gli occhi a rischio cispe.

«Da un po'. Il tempo sufficiente di rendermi conto di quanto sei bella.»

Lei sorrise imbarazzata e cercò di guadagnare l'uscita.

«Dove vai? Non stiamo un po' qui a coccolarci?» chiese lui deluso.

«Ehm... devo scappare in bagno... tra un po' rischio la minzione spontanea.»

Squarciò la zip della tenda e si precipitò fuori.

Andrea rimase a guardarla mentre si allontanava con il beauty sotto braccio.

Presero la moto con l'intento di scovare una spiaggetta non troppo incasinata visto che era Ferragosto.

Bea, seduta dietro, si godeva la sensazione del sole caldo e del vento che le faceva svolazzare l'abito leggero.

A un certo punto scorsero una freccia che diceva CAPO PERTUSATO, in direzione delle falesie di Bonifacio.

Un rapido cenno e la decisione fu presa. Ben presto furono ripagati da una vista che era un inno alla libertà: una scogliera altissima che sovrastava un mare talmente azzurro da far male.

Andrea fermò la moto in prossimità dell'imboccatura di un lungo sentiero che, dalla strada, scendeva fino alla spiaggia.

«Credo che nonostante la camminata ne varrà la pena.»

«Ci sono anche poche auto: vuol dire che giù sarà tranquillo.»

Dopo meno di un minuto stavano già scendendo per il sentiero. La passeggiata si fece più ostica del previsto, perché il dislivello tra la strada e il mare era di una decina di metri e il sole era già molto caldo.

Bea dovette fermarsi per indossare un cappello a tesa larga e, in quel momento, immaginò, al rientro, quando avrebbero ripercorso il sentiero in salita.

«Che schiappa! Ti devo portare in braccio?» rise Andrea per stuzzicarla.

«Ma per chi mi hai preso? Per una di quelle sciacquette che frequentavi prima di conoscermi?!»

E senza lasciargli il tempo di replicare si lanciò in una corsa feroce giù per il sentiero, verso la spiaggia.

«Maledetta!» urlò lui preso in contropiede. E la seguì a ruota.

Fu una discesa resa eterna dal caldo, ma Bea correva veloce con le sue gambe sottili e nervose che si mangiavano metri e polvere. Solo alla fine, ormai arrivati vicini al mare, Andrea riuscì a raggiungerla e a placcarla sulla sabbia.

«Lasciami!» urlò lei, ridendo.

Ma Andrea le aveva piazzato le ginocchia sulle braccia e le bloccava il viso con le mani. Erano sudati, insabbiati, la borsa con gli asciugamani si era rovesciata spargendone il contenuto a terra, però ridevano come pazzi.

«Ora sei in mio potere!»

«Col cavolo!» E cercò di divincolarsi dando qualche colpo di reni.

Inutile.

«Di': "sono la tua schiava e tu il mio sommo padrone" e ti lascio andare.»

«MAI E POI MAI!»

«Peggio per te.»

Le si avventò sul suo collo e iniziò a mordicchiarlo. Bea esplose in un urlo che echeggiò per la spiaggia quasi deserta, a parte qualche altro temerario turista che si era avventurato pure lui per lo scomodo sentiero.

«Baciami» le intimò Andrea all'improvviso. «Baciami e ti lascio andare.»

Per tutta risposta lei serrò le labbra.

«Te ne pentirai, ora ti schiaccio.» E si allungò sul corpo di Bea formando un panino di corpi.

«Dai, basta!» urlò lei dimenandosi.

Ma Andrea aveva una luce diversa negli occhi e ora le afferrava le braccia in modo più gentile. Quando le parlò, la voce era roca. «Più ti guardo e più mi innamoro di te.» Abbassò la testa per baciarla, ma lei si liberò dalla sua presa e lo spinse via, rimettendosi in piedi.

«Ma che c'è? Stavamo giocando» esclamò lui, spiazzato.

«Così non mi piace, ok?» rispose Bea con voce più dura di quel che avrebbe voluto.

Andrea si rialzò, togliendosi la sabbia di dosso. «Ok.»

«E poi... e poi c'è gente» continuò, chiedendosi se non avesse esagerato.

«Ok, Bea. Ho capito» e si mise a sistemare in silenzio la borsa degli asciugamani.

Bea andò verso il mare con la voglia di piangere. Trascorsero così la loro prima giornata: otto ore ininterrotte di sole.

Lessero, fecero più volte il bagno, mangiarono frutta, fecero di nuovo il bagno, poi una passeggiata sulla battigia, mangiarono un panino.

Si baciarono anche, ma ogni volta Bea trovava

una scusa per staccarsi prima che il bacio li infuocasse.

Esplorarono le rocce nei dintorni e trovarono un sentiero che portava a un piccolo promontorio sul quale si apriva una specie di enorme cratere scavato nella roccia. Si affacciarono con cautela sull'imboccatura scoprendo che si tuffava nel mare.

Un veloce scambio di sguardi, un cercarsi le mani, poi insieme contarono fino a tre e si lanciarono nel vuoto con un urlo.

Riemersero ridendo, finalmente felici, come due bambini messi a fare ciò che amano di più: giocare. Andrea afferrò Bea per i fianchi e l'attirò a sé, ma ancora una volta lei sgusciò via.

Verso le sette di sera, quando il sole si era fatto gentile, si rivestirono e risalirono lentamente il lungo sentiero.

Vicino alla moto trovarono uno di quei baracchini ambulanti che vendono cibo. Presero due *Pan Bagnat*, una specialità francese a base di pane farcito con uovo sodo, tonno, alici, pomodori, peperoni e olive, e si sedettero a mangiarli sulla scogliera.

Il mare era così fastidiosamente azzurro, pensò Bea.

Tornarono in campeggio, con i capelli resi crespi dalla salsedine, i piedi insabbiati, il segno delle infradito e la pelle scottata.

Molto scottata.

Dopo la doccia Bea avrebbe voluto chiedere ad Andrea di spalmarle la crema sulla schiena, perché la sentiva bruciare, ma alla fine preferì non farlo.

Cucinarono pasta al pomodoro sul fornelletto vicino alla tenda e poi presero di nuovo la moto per andare al porto.

Una volta arrivati, si accorsero che un sacco di gente aveva avuto la stessa idea: era Ferragosto e tutti aspettavano di vedere i fuochi d'artificio sul mare.

Per Andrea c'era troppa gente e avrebbe voluto andarsene; Bea invece avrebbe voluto rimandare per sempre il momento di tornare al campeggio.

Solo all'una di notte, dopo un gelato, una crêpe alla Nutella e una granita, rientrarono.

In lontananza si sentiva lo sfrigolare di qualche barbecue, segno che qualcuno stava ancora festeggiando.

Bea si infilò veloce una maglietta di cotone e si allungò sul materassino. Andrea le fu subito accanto, abbracciandola da dietro.

Bea avvertì le sue labbra che, leggere, le esploravano una spalla.

«La tua pelle mi ha sempre fatto impazzire. Potrei annusarti per ore.»

Bea si scostò un po', ma non rispose.

La baciò alla base del collo.

«Ahi, sono scottata» protestò.

«Scusami, amore.» L'abbracciò più stretta.

Bea chiuse gli occhi e poco dopo sentì una mano che le sfiorava un fianco, lenta, poi saliva il lungo costato e tornava di nuovo giù. Il dito disegnò un *mandala* d'amore sulla pancia.

Lei gli prese la mano e l'appoggiò sul materassino. «Scusa, ma fa così caldo...»

Silenzio.

Entrambi non parlarono più, anche se erano svegli. All'improvviso la tenda si riempì di un solido e ingombrante imbarazzo.

Si addormentarono dopo parecchio tempo, ognuno ben rintanato nella propria parte di materassino.

Il giorno dopo...

Ciutz: Allora come va?

Bea: Mi è venuto l'eritema. Sono disperata: non riesco ad appoggiarmi da nessuna parte e mi viene da grattarmi dappertutto.

Ciutz: Oddiooo, non ci credo! Povera! Ma... per il resto?

Bea: Un disastro.

Ciutz: ?!?!

Bea: Lascia perdere. Sembriamo due estranei.

Ciutz: Bea, ma si può sapere che succede? Cerca di rilassarti, sei lì con il tuo ragazzo!

Bea: Appunto, Ciutz. Appunto.

Dal diario di Bea

22 agosto

Se questa doveva essere la vacanza della mia vita, la prima "da grande", allora è la più grande delusione che poteva capitarmi. In questo momento sto scrivendo mentre Andrea è andato a nuotare al largo.

La verità è che non funziona.

Dopo il giorno di Ferragosto abbiamo iniziato a litigare su tutto, specie quando arriva sera: il momento in cui potremmo goderci l'aperitivo al porto, una cena a lume di candela, una passeggiata mano nella mano, la magia della spiaggia di notte. Invece abbiamo due musi lunghi così, non riusciamo a sciogliercì, come se tutto avesse la ruggine.

Carlotta mi scrive quasi ogni giorno dalla Sardegna, lei è lì con Alex ed è su di giri. Dice che non vorrebbe tornare più, che stare sola con lui in un posto così da favola è una specie di sogno dal quale non vorrebbe risvegliarsi più. Dice tante cose, la Ciutz, con un entusiasmo da dare sui nervi. E ogni volta che leggo i suoi messaggi mi arrabbio. Non con lei, ma con me stessa, che non riesco ad avere lo stesso stato d'animo e più mi obbligo a cambiare atteggiamento con Andrea più tutto si inceppa. Insomma, è un gran casino.

Ecco, Andrea sta tornando dalla sua nuotata. Lo guardo uscire dall'acqua, il fisico bello, i capelli bagnati, nerissimi, si toglie la maschera e in questo mo-

mento sento che lo vorrei con tutta me stessa. Ma quando iniziamo a parlare si guasta ogni cosa. Abbiamo voci stridule e occhi guardinghi. È come se tra di noi non ci fosse amore, ma qualcos'altro, che non so nemmeno spiegare.

Credo che tutto sia precipitato la seconda sera, quando eravamo dentro la tenda e...

Niente, arriva. Ciao.

Qualche giorno dopo, telefonata tra Bea e Anna.

A: Allora? Come va?

B: Torniamo domani.

A: Cioè?!

B: Torniamo, Anna. Non ha senso starcene ancora qui, non ci stiamo divertendo. Siamo d'accordo tutti e due.

A: Ma dai, sarà solo un momento così.

B: Che dura da dieci giorni? Un po' lungo, non ti pare?

A: Mmm... avevate prenotato per due settimane: provateci ancora, dai.

B: Il gestore del campeggio non ha fatto una piega a farci anticipare la partenza. Comunque abbiamo già cambiato i biglietti: il traghetto parte stasera alle otto. È deciso.

A: Mi spiace, Bea. Non so che dire, mi lasci spiazzata.

B: È stato tutto uno sbaglio. È come se abitassimo su due pianeti diversi. Non so, Anna.

A: Ma non è che... niente.

B: Cosa?

A: Avete provato a parlarne? Magari anche lui ha una sua versione, magari pure lui ha sentito lo stesso disagio. Forse è successo qualcosa che ha dato fastidio a uno dei due e l'altro ha reagito di conseguenza.

B: Ah be', di sicuro il disagio l'ha percepito pure lui visto che litighiamo ogni giorno. Ma proprio da cattivi, eh! Sai quelle situazioni in cui ci godi proprio a fare lo stronzo? Ecco: noi.

A: Che brutto.

B: Orrendo. Bastava una cavolata che esplodeva la tensione. Cene intere in cui si stava in silenzio, ognuno voltato da una parte a osservare la gente che camminava sulla banchina. Di solito, poi, erano coppiette, quindi il fastidio raddoppiava.

A: Magari c'è qualcosa di non detto tra voi. Non so, magari...

B: Mmm! Anna, vuoi parlare o no? Non sopporto quando lanci il sasso e poi non continui.

A: Ok. Dicevo: magari non è che sei arrivata lì con un sacco di ansie? In fin dei conti me ne avevi parlato, prima di partire.

B: Non dire sciocchezze.

A: Ipotizzavo, eh. Dico che forse ti sei portata, oltre ai bei costumini, un fagottino di preoccupazioni che semplicemente potevano essere affrontate assieme. E, se ti conosco bene, tu non le hai affrontate.

B: Grazie tante, eh. Ti chiamo per avere un po' di conforto e mi ritrovo ad ascoltare un pistolotto al telefono che manco mia madre. Ciao, Anna. Ci sentiamo quando torno.

A: Ma dai, aspetta...

B: No, mi costa pure un botto 'sta telefonata, sono ancora in Francia, eh. Ciao.

Salirono su quella nave alle otto di sera dopo aver completato tutte le operazioni di imbarco in assoluto silenzio. Andrea alla guida della moto e Bea seduta dietro, con le mani strette alle maniglie posteriori. Tra i due, su quel sellino, un monolite di rancore.

Andrea aveva parcheggiato la moto ed erano saliti in coperta. Avrebbero dovuto trascorrere il viaggio sul ponte perché con il cambio dei biglietti la cuccetta non era disponibile.

Decisero intanto di sedersi fronte mare, con i piedi appoggiati sulla ringhiera del parapetto e aspettare che il traghetto salpasse. La giornata prometteva un tramonto spettacolare. L'odore di nafta entrava potente nelle narici, gli altri passeggeri si muovevano freneticamente in cerca di una sistemazione per la sera, le mamme urlavano per richiamare i figli troppo emozionati di essere su una nave.

Bea cercò di concentrarsi sul mare, sulla sua limpidezza, sul suo sciabordio tranquillo. Aveva bisogno del suo abbraccio visivo per non piangere, perché sapeva che se solo si fosse soffermata a riflettere sulla settimana appena trascorsa e sulla sensazione di estraneità che aveva provato con Andrea, sarebbe scoppiata in lacrime.

Anche in quel momento Andrea era lì accanto,

ma in realtà era altrove. Questo le diceva il cuore, viziato dalle sensazioni sbagliate degli ultimi giorni.

Si girò, deglutì un paio di volte per ricacciare indietro le lacrime e sospirò.

Non sapeva se Andrea se ne fosse accorto, ma le chiese se andasse tutto bene.

«Sì, sì. Mi dà solo un po' fastidio questo odore pungente» mentì.

Colpo di sirena e la nave iniziò a muoversi con impercettibili e timide manovre per uscire dalla banchina.

Bea chiuse gli occhi e si lasciò accarezzare dalla brezza, sperando che soffiasse via un po' di tristezza.

Osservò Andrea con la coda dell'occhio: stava guardando il suo telefonino. Mai come in quel momento erano stati così lontani. No, non era possibile che tutto fosse nato a causa dell'intimità.

Oddio, e se fosse stato davvero così?

Doveva fare qualcosa, dare una scossa a quella situazione. Forse doveva parlargli chiaro come le aveva consigliato Anna.

«Be'» esordì, «a quanto pare non siamo fatti per stare insieme.»

Ecco qui. Una frase bella forte, che calava su di loro come una mannaia. Ora, nella testa di Bea, Andrea avrebbe dovuto dire: "Ma no, che stai dicendo...", oppure, "La situazione ci è sfuggita di mano", e avrebbero iniziato a parlare.

Invece Andrea rispose: «Sì, forse hai ragione».

Montante sinistro, montante destro, gancio sinistro, diretto e *bum*: KO tecnico.

L'orgoglio prese a spallate il buonsenso e le fece rispondere con un sorriso forzato: «Meno male che non è solo una mia impressione».

Andrea strinse la mascella. «Chiunque se ne sarebbe accorto.»

Chiunque chi? E ora? Che si fa?

Bea si sentiva morire, ma non voleva farsi vedere debole. Per fortuna Andrea allungò una mano verso di lei. «Amici?»

Amici?!

Bea fece un sorriso tirato e allungò a sua volta la mano. «Ma certo. Amici.»

SECONDA PARTE

Mi tormenta l'anima il tuo amore.
Non posso odiarti, non posso amarti.
È difficile odiare, se gli hai voluto bene;
è difficile amare, se lui non vuole più.
Mai l'acqua e il fuoco si mischieranno:
ma non saremo fedeli amici.
Teognide

17 settembre

Amici un cazzo.

Come si fa a essere amica di qualcuno che ancora si ama?

Bea prese le cuffiette e aprì la porta d'ingresso. Aveva già fatto i compiti per il giorno dopo ed era d'accordo con Anna e Giacomo di incontrarsi al parchetto vicino a casa.

«Io esco!» urlò. «E non torno per cena.»

Come al solito non aveva aspettato nessuna risposta dai suoi e si era chiusa la porta alle spalle.

Uscì e, come ogni giorno, controllò se ci fosse qualcuno di fronte al cancello. Cercava ma non trovava, sperava e nello stesso tempo temeva; e comunque lui non c'era e il marciapiedi continuava a rimanere vuoto.

Erano trascorsi ormai venti giorni da quando lei e Andrea erano tornati dalla Corsica. Da allora non si erano più visti. Ogni tanto si scrivevano qualche messaggio, robetta superficiale. Bea avrebbe voluto scrivere di sé, di loro, ma se fosse stato solo un bisogno suo?

Come era possibile passare da tutto a niente in così poco tempo? E poi, perché si stavano perdendo in quel modo?

Si diresse verso il parchetto, passando accanto all'edicola. Si soffermò a guardare le tre vetrine piene di giornali e per un attimo sorrise. Quel chiosco era stato il suo primo spacciatore di storie: era lì che aveva iniziato a comprare i fumetti con la paghetta settimanale, era lì che era iniziato il suo amore per le vite raccontate. Da lì aveva provato a disegnare anche storie sue, riempiendo interi quaderni. Dopo qualche anno, aveva scoperto altri luoghi pieni di storie: le librerie.

«Ciao, Bea» disse Teresa, la proprietaria del chiosco, spuntando dalla finestrella. Anche se era trascorso tanto tempo, Teresa era rimasta sempre lì, tra l'odore dei rotocalchi appena stampati e le figurine.

«Salve Teresa.»

Aggirò l'edicola e raggiunse finalmente il parchetto, che in realtà era solo un fazzoletto di erba spelacchiata con quattro panchine ai lati, avvolto da alberi ammassati che lo lasciavano in un perenne stato di ombra.

Bea scorse Anna seduta su una panchina, le testa china sulle ginocchia. Forse stava leggendo qualcosa sul cellulare.

La raggiunse e le si sedette accanto.

«Ehi!» disse Anna, alzando la testa.

«Ciao. Giacomo?»

«Arriverà, credo» rispose, mettendo in tasca il cellulare.

Rimasero sedute in silenzio, ad aspettare. Forse Giacomo, forse parole che non venivano, soprattutto a Bea. Ma ci sono amicizie che non hanno bisogno di essere riempite di parole, perché sono già piene, complete. Bea le chiamava "amicizie silenziose".

A un certo punto le due ragazze si guardarono e Bea ebbe la certezza che la sua amica le stesse entrando in testa, visitando ogni piega. Le prese semplicemente la mano, continuando a fissarla. Bea ricambiò la stretta e i suoi occhi si inumidirono.

«Yuhuuuu! Ragazzeeee!» si sentì in lontananza.

Giacomo stava zampettando verso di loro con qualcosa in mano.

«Vi sto offrendo una serata indimenticabile» disse quando fu vicino. «Tadaaaa!»

Allungò la mano e Anna prese il Dvd. «*Dirty Dancing*?! Oddio, ancora?!»

Giacomo lo riprese con aria offesa. «Eretica! Non è mai troppo per *Dirty Dancing*!»

«Ma è un film che avremo visto almeno venti volte, Jack!» protestò.

«Taci!» la redarguì. «*Dirty Dancing* non è "un" film: è "il" film. È la bibbia del romanticismo, un manuale d'amore, un vademecum per i primi singulti. E come tutte le bibbie va rivisto almeno una volta al mese, se non altro per ripassare le battute.»

«Sì, ma non ne possiamo più.»

«Le battute le sappiamo già a memoria, Jack. E non ne possiamo più della storia di Baby e Johnny. E poi, scusa, chi ha voglia di un film ambientato negli anni Sessanta?» disse Anna.

«Se è recitato da quel bonazzo di Patrick Swayze, io!» chiosò Giacomo.

A quel nome, come un antico rituale, Bea e Anna si alzarono in piedi e recitarono in coro: «Che Dio l'abbia in gloria».

Era il loro modo per rendere omaggio all'attore scomparso.

Anna si voltò verso Bea e sospirò. «Tu che ne dici?»

Bea alzò le spalle. «Dico che ho solo voglia di trascorrere una serata con i miei amici.»

Anna fu d'accordo.

Il viso di Giacomo si illuminò. «Vi amo quando mi obbedite mansuete.»

Anna gli diede una pacca sulla spalla. «Ma obbedire cosa?! È che siamo troppo buone per mandarti a quel paese e abbiamo pietà di te.»

«Ordiniamo tre pizze e ci spaparanziamo davanti alla tele, in taverna» disse lui quando arrivarono a casa. «Voglio il massimo dello svacco.»

Scesero e aspettarono le tre margherite doppia mozzarella, perché "se si fanno le cose, vanno fatte bene" aveva detto Giacomo.

A Bea la taverna di Giacomo piaceva un sacco. Era una specie di nido caldo, morbido e colorato. Piccoli faretti nascosti tra le travi del soffitto diffondevano una luce soffusa. C'erano due divani arancioni disposti ad angolo, con un lato a *chaise longue* dove si potevano allungare comodamente le gambe; il parquet era cosparso da grandi cuscini di tutte le tonalità. In pratica qualunque posto lì era morbido.

Bea scelse la spumosità dei cuscini.

Quando arrivarono le pizze, i ragazzi si piazzarono davanti alla televisione con i cartoni sulle ginocchia.

«Eeee... azione!» disse Giacomo, schiacciando il tasto del telecomando.

«Jack, hai per caso dell'ol...» si azzardò a chiedere Anna.

«Sssh! Ora si sta muti, eh!»

Bea se ne stava zitta sui cuscini, tanto che a un certo punto Anna e Giacomo allungarono il collo per vedere se fosse ancora sveglia.

C'era la scena in cui la protagonista seduce Patrick Swayze e di nuovo Giacomo aveva preteso il silenzio più assoluto.

«Be', lei dimostra gran carattere» disse Giacomo d'istinto.

Bea sbucò da sotto il divano. «Che intendi dire? "Dargliela" vuol dire avere carattere?»

«Ossignore, no. Intendevo che lei era sicura di volere Patrick ed è andata a prenderselo» rispose. «Quindi dico: viva l'intraprendenza!»

«Ciccio, solo nei film la protagonista femminile ha la certezza che un ragazzo sia quello giusto» commentò Bea sarcastica.

Anna prese il telecomando e mise il film in pausa.

«Ciccio, sarà tua sorella» rispose Giacomo. «E comunque prova ad ascoltarti: forse le nostre madri un tempo parlavano di "ragazzo giusto". O forse negli anni Sessanta. Anzi, neppure! Visto quello che succede in *Darty Dancing*.»

«Jack, è un film!» disse Bea ad alta voce. «Smettila di difendere le scelte dei protagonisti come se fossero tuoi familiari.»

«E allora tu? Perché ti scaldi così tanto se è *solo* un film?»

Silenzio.

«Va be', io ne ho abbastanza di queste chiacchiere senza senso. Vado. Ci vediamo domani.»

Anna la raggiunse e, prima che Bea salisse le scale, l'afferrò per un braccio. «Oh, dai, rimani. Non farti avvelenare da una cavolata.»

Anche Giacomo si avvicinò. «Sì, è una cavolata. Non volevo fare la checca isterica.»

Bea sorrise e lo abbracciò, frizionandogli la schiena. «Lo so.»

Poi si staccò e salutò entrambi con un sorriso, sparendo nel buio delle scale.

«Che scema» commentò Jack poco dopo, ma il tono era dispiaciuto.

«Non hai esagerato un po'?»

Lui alzò le spalle. «Non posso farci niente: le voglio bene, e volevo strapazzarla. È tornata dalla Corsica triste, confusa, single e infelice, e questo mi fa incazzare, perché conoscendo sia Bea sia Andrea direi che sono fatti per stare insieme.»

«Non siamo nella loro testa.»

«Lo so. Ma vedo come si comporta, che menate si fa.»

«Forse tu vedi tutto troppo semplice. Non so com'è per te il sesso...»

Anna si accorse che si stava addentrando in un campo che non avevano mai affrontato. Il sorriso che le regalò Giacomo le confermò che non ne avrebbero parlato, almeno per quella volta.

«Che ne dici?» chiese lui qualche secondo dopo. «Finiamo di guardare i *jetée* di Patrick Swayze?»

Anna sorrise. «E che Dio l'abbia in gloria.»

Saltarono sul divano nello stesso momento, sedendosi vicini. Anna appoggiò la testa sulla spalla dell'amico. «Vai, Jack, facciamoci quest'overdose di romanticismo.»

Appena uscita dalla casa di Giacomo, Bea si era infilata le cuffiette alle orecchie, con gli Skunk Anansie a tutto volume. Non si accorse della persona che la stava seguendo già da un po'. Né che questa persona l'aveva chiamata due volte senza ricevere risposta.

Quando si sentì toccare la spalla, fece un salto cacciando un urlo.

«Ehi, pulce, sono io» disse Andrea.

Pulce. Da quanto tempo non si sentiva chiamare in quel modo.

Cercò di calmare le palpitazioni per lo spavento e per Andrea.

«Avevo queste alle orecchie» si giustificò lei, togliendo le cuffiette.

«Me ne sono accorto.»
Restarono uno di fronte all'altro.
«Come stai?» chiese infine lui.
«Bene, dai.»
«Ottimo.»
La fissava con occhi belli, profondi.
Era troppo per lei, così distolse lo sguardo.
«E la scuola?»
«È già iniziato tutto il casino» rispose. «Immagino te lo ricordi ancora.»
«La Strozzi? Sempre acida?»
«Finora non ho preso nessun tre, ma l'anno è lungo» sorrise lei.
«Gli allenamenti di pallamano? Li avete ripresi?»
«Non ancora.»
«Giusto, inizia tutto a ottobre.»
«Eh sì.»
Eh sì, aveva detto! Come se fossero due vicini di casa che si incontrano dal fruttivendolo e si mettono a parlare del tempo: "Questa mattina sono uscito e faceva freddo, ma ora con questo piumino c'è caldo, non si sa più come vestirsi". "Eh sì."
Allucinante.
In quale posto dimenticato stavano andando?! Le sembrava di essere da un robivecchi d'amore a cercare i pezzi della sua storia con Andrea.
«Mi mancherà, la pallamano» disse lui.
Era sicura che Andrea volesse dirle qualcosa ma non trovasse il coraggio.
«Sai, mi sono iscritto a economia» buttò lì, dopo qualche secondo.

All'inizio Bea non capì. «Ma non volevi fare filosofia?»

«Sì, ma ho fatto due chiacchiere con mio padre: con una laurea in filosofia non vai molto lontano. A trovar lavoro, intendo.»

«Da quando in qua pensi al tuo futuro in questo modo?» chiese lei incredula.

«Da quando ho deciso di essere più obiettivo.»

«E tua madre?» incalzò lei. «Immagino sarà stata contenta: non aspettava altro per suo figlio.»

Bea sapeva che stava diventando odiosa, ma parlava spinta da una ferita interna. Le dava fastidio che Andrea avesse preso una decisione importante senza di lei. Ma soprattutto le dava fastidio che questa decisione stravolgesse il suo futuro e andasse contro al suo scegliere sempre di pancia.

«Ovvio che è stata contenta.»

Bea non riusciva a crederci.

«Ma tu ami la filosofia!»

«Va be', dai, in fin dei conti anche economia non mi dispiace» rispose.

Lei lo squadrò, immaginandosi Andrea nella nuova vita da pendolare. «Quindi su e giù da Bologna» commentò, e all'idea che lui si spaccasse un po' la schiena con levatacce per prendere il primo treno del mattino provò un sadico piacere.

Andrea scosse la testa. «No, andrò a Milano» disse poi in un sussurro.

Parole sussurrate, sì, ma pur nella delicatezza del tono le scartavetrarono il cuore. "Così lontano?!" avrebbe voluto urlare. Ma non lo fece. Si tenne dentro la consapevolezza che stava perdendo pezzetti di Andrea e che forse non li avrebbe ritrovati mai più.

«Ho già cercato una stanza in affitto» continuò lui.

Andrea se ne va, continuava a pensare Bea. *Si allontana da qui, da questa città. Da me.*

Lui la fissava, in attesa di una reazione che però non arrivava, perché Bea era stata travolta da un repentino rewind del suo ultimo anno di vita: tanti piccoli istanti che si condensarono in un unico eterno momento.

Il momento in cui si erano incontrati, anzi scontrati; quando lei aveva cominciato a frequentare la casa di Andrea per dare ripetizioni alla sorella; le punzecchiate, le occhiatacce; ma anche i primi sorrisi, il raccontarsi piano piano; il prendere coscienza che forse si poteva essere amici; la trasferta a Rimini per i campionati di pallamano; l'incidente al ginocchio di Bea, lo svenimento e il trovarsi Andrea accanto al letto d'ospedale; i biglietti del concerto; il primo bacio...

A quell'ultimo ricordo, lo stomaco le si strinse a tenaglia.

«Allora buona fortuna» disse lei in tono spiccio, e allungò la mano, mostrando una finta spavalderia.

Andrea corrugò la fronte. «Grazie.»

Si strinsero la mano come due colleghi.

Ma il contatto della pelle era di due ragazzi che si erano amati molto.

Scintille.

Bea ritrasse subito il braccio per non mostrare il suo turbamento.

«Be', magari ci si sente» disse Andrea.

Lei fece un sorrisino. «Magari. Sì.»

O magari no.

«Ciao.»

«Ciao.»

E da quel momento Bea e Andrea divennero solo due schiene che si allontanavano lungo strade opposte.

Aprì la porta di casa cercando di fare poco rumore. Pensava (sperava) che i suoi fossero già a letto, così avrebbe potuto scivolare nella sua stanza e godersi la sua sacrosanta tristezza.

Sbucò in soggiorno: mamma e papà erano seduti vicini sul divano: sorseggiavano una tisana con gli occhi incollati alla televisione.

Oh no, che palle...

«Ciao, cocca» l'accolse Eleonora. «Rimani con noi?»

«No, mi sa che vado a letto.»

Sicura che l'avrebbe scampata, era già pronta a eclissarsi nella sua stanza.

«Ti va di fare due chiacchiere?» Era la voce di sua madre.

No, ti prego: pure lei stasera?!

Si voltò: Eleonora batté invitante la mano sul divano, spegnendo la tv.

"Se mi va di fare due chiacchiere? No che non mi va", avrebbe voluto rispondere Bea, scatenando la reazione di Eleonora. Già se l'immaginava alzarsi con le labbra tirate, la fronte spianata a ostentare che tutto andava bene, quando invece no, niente andava bene.

«Certo. Facciamo due chiacchiere» rispose infine.

«Be', allora direi che sono io ad andare a letto» disse Diego, esibendosi in uno sbadiglio sproporzionato, corredato da allungamento degli arti superiori e successiva frase scandita per bene. «Mamma mia, quanto sono stanco questa sera! È proprio ora che me ne vada a dormire, 'notte a tutte, eh.»

Diego si alzò e Bea notò l'occhiata furtiva lanciata alla moglie. Eleonora socchiuse gli occhi alla "ci penso io".

«Senti, Bea» esordì Eleonora, appena furono sole, «io e tuo padre ci chiedevamo se per caso andasse tutto bene, perché è da un po' che siamo preoccupati per te.»

Ci siamo. «Perché? Va tutto bene, mamma.» Sfoderò un sorriso rassicurante sperando che fosse sufficiente.

Eleonora scosse la testa e le appoggiò una mano sulla gamba. «Una madre lo sa quando una figlia risponde tanto per rispondere.»

Sospirò. «Dai, mamma, sono i soliti problemi da diciassettenne.»

«Guarda caso me li ricordo bene quei problemi lì.»

Bea alzò gli occhi al cielo: l'ultima cosa di cui aveva bisogno era un confronto generazionale.

«E Andrea?» chiese a bruciapelo Eleonora.

«Andrea cosa?»

«Quando sei tornata dalla Corsica l'hai fatta semplice, hai detto che vi siete lasciati e che andava tutto bene. A me non sembra, invece. So che posso risultare impicciona, ma... è successo qualcosa, *là*?»

«A che cosa ti riferisci?»

Eleonora si schiarì la voce. «Non abbiamo mai affrontato il discorso...»

«E continueremo a non farlo» rispose di getto Bea, paonazza. «Non è successo niente, mamma. È stata solo una vacanza disastrosa, dove tutti e due abbiamo capito che non siamo fatti l'uno per l'altro. Andiamo meglio come amici.»

«Be', poi tanto amici non siete visto che non vi sentite più.»

Si alzò dal divano. «Mamma, davvero, lasciami andare a letto. Sono stanca.» E si chinò per darle un bacio veloce.

«Bea, tu lo sai vero che io e tuo padre ci siamo sempre?»

Sorrise. «Lo so, mamma. Sta' tranquilla. 'Notte.»

Salì in camera con un irrefrenabile desiderio di piangere. *Ora mi ascolto un po' Tiziano Ferro e mi regalo la più colossale frignata della storia.*

17 ottobre

Bea uscì di casa per una nuova giornata di scuola.

Voglia da uno a dieci: due. Due ore di lettere la attendevano inesorabili e lei ormai la materia della Strozzi la detestava.

Tutto era iniziato l'anno precedente, quando aveva cambiato i professori per il triennio. E quella che da sempre era stata la sua passione, ovvero maneggiare parole, era diventata la sua sventura.

La Strozzi era un'insegnante di vecchio stampo, una che considerava la sua materia come un simulacro intoccabile. Per Bea i classici andavano studiati e digeriti, poi filtrati con la propria creatività. La letteratura era una materia viva, contaminabile.

Per la Strozzi no.

Già l'anno precedente la prof aveva punito l'atteggiamento sovversivo di Bea con un tre sul registro. Bea aveva incassato, era sprofondata in una pericolosa insicurezza, da cui era uscita anche grazie ad Andrea. Alla fine era arrivata a giugno navigando a vista, con dei sei stiracchiati.

Il nuovo anno era iniziato con la certezza che non avrebbe più accettato di essere condiscendente.

Era cresciuta? Probabile. C'entrava qualcosa la rottura con Andrea? Forse.

Bea arrivò al giardino davanti a scuola e si chinò a legare la bicicletta. Non si era ancora abituata alla mancanza di Andrea all'entrata, della sua moto parcheggiata sul marciapiedi. Ma ancora di più non si era abituata all'idea che lui ora abitasse a chilometri di distanza, in un'altra città. Con altre ragazze attorno.

Entrò imbattendosi nel solito brulicare di gente. Poi scorse i volti di Giacomo e Anna.

«Allora, siete pronti per la verifica di letteratura?» chiese Anna.

«Non si è mai pronti per una verifica della Strozzi» commentò Giacomo.

«Vedremo» mormorò Bea.

Entrarono in aula mentre la seconda campanella suonava: c'era già la Strozzi seduta in cattedra, le mani giunte davanti alla bocca. Guardava la mandria di alunni varcare la soglia.

«'Giorno, prof.»

«Buongiorno, ragazzi» rispose lei. Ma invece di "ragazzi" disse "ragaffi", visto che non riusciva a pronunciare la esse e la zeta per i due incisivi sporgenti che si ritrovava. "Felipe", la chiamavano i suoi alunni, riferendosi al personaggio del fumetto di *Mafalda* con lo stesso difetto.

«Siamo pronti per la verifica sull'Ottocento?» disse con la sua voce da scoiattolo. «Vi ricordo che potevate portare un romanzo della storia della letteratura europea, non solo italiana.»

Si alzò dalla sedia aggiustandosi il cardigan tricottato fatto da lei e più grande di alcune taglie. «Bene, mettete sul banco il romanzo che avete scelto.» E iniziò a girare per la classe.

I Promessi Sposi, una scelta furba, andò per la maggiore: era noto a tutti che la Strozzi aveva una predilezione per l'opera manzoniana. Infatti, alla vista di ogni copertina la professoressa annuiva compiaciuta.

Poi sbucò un *Anna Karenina* scelto dalla Spisani, risaputa secchiona; un esemplare dell'*Isola del Tesoro*, classico della letteratura per ragazzi scelto da Pizzicotti, un *Madame Bovary* portato da Noccioli.

Anche Bea prese dallo zaino il suo libro: *Orgoglio e Pregiudizio*, un classico che aveva sempre amato.

«Ah, Jane Austen» disse la professoressa, prendendo il libro tra pollice e indice.

Bea fissò la Strozzi aspettando la sua reazione. Mai come in quel momento le parve avesse una rastrelliera al posto dei denti.

«Sei sempre così prevedibile, Zanardi» sospirò la professoressa.

Bea si arpionò alla sedia. Giacomo, seduto accanto a lei, notò le nocche diventare bianchissime, prive di sangue.

La Strozzi posò il libro e passò oltre, ma alla vista del romanzo di Giacomo, si bloccò. «È *quello* il tuo libro?» chiese con voce ferma.

«Sì, perché? Oscar Wilde era uno scrittore dell'Ottocento, mi pare.» Si voltò in cerca di consenso, e Bea annuì.

«È che Wilde aveva una visione del mondo... non proprio canonica» commentò la professoressa. «E il *Ritratto di Dorian Gray* non si può certo definire un romanzo rappresentativo dell'Ottocento.»

Giacomo storse il naso. «Visione canonica?! Fa parte del periodo vittoriano, professoressa. Che cosa intende?»

La Strozzi rimase in silenzio qualche secondo, poi cambiò discorso. «Forse non mi sono spiegata bene. Mettiamola così: è semplicemente un libro di nicchia.»

«Prof, ci hanno fatto pure un film.»

«Non mi interessa, Mazzanti!» sospirò, riprendendo il controllo. «Diciamo che avresti potuto fare una scelta più felice, benedetto ragazzo. Comunque... contento tu.» Accennò un sorrisetto di finta benevolenza.

Tornò al posto e si sedette, unendo di nuovo le mani davanti al viso. «Bene, potete iniziare la vostra analisi. Avete due ore di tempo. Vi ricordo che voglio che consegniate la traccia, la brutta copia e la bella copia. Buon lavoro.»

All'uscita, i ragazzi si ritrovarono in giardino a commentare l'accaduto. L'epiteto più carino affibbiato alla Strozzi fu "stronza aviopenica", e in generale l'opinione comune era che non aveva mandato giù la scelta su Wilde per via del suo orientamento sessuale.

«Ma dai! Siamo nel ventunesimo Secolo!» commentò la Spisani.

«Sì, ma la Strozzi si è fermata al Medioevo.»

«Chissà com'è quella strega con i figli» si domandò Veronesi.

«Ah, perché? Ha dei figli?» chiese Bea.

«Certo, due maschi, e lei decanta le loro doti tipo Cornelia e i suoi Gracchi» intervenne la Gualdrini, una ragazza di III D.

«Da vomitare...» commentò Anna.

«Una che ha quei pregiudizi nei confronti di Oscar Wilde si meriterebbe che uno dei suoi figli le confessasse di essere gay» disse Giacomo con sguardo diabolico.

Risata generale.

«Anzi, quasi quasi ci provo io a sedurne uno» concluse.

«So che il figlio più piccolo fa il liceo scientifico. È tornato in Italia dopo aver trascorso un anno in Inghilterra» si intromise la Zironi.

Giacomo allargò le narici. «E certo, una come la Strozzi pretende sempre il meglio per la sua prole. Va be', fatemi affogare lo sdegno in un bel piatto di carbonara. A domani.»

Bea slegò la bici, salutò tutti e si diresse verso casa. Pensò rapidamente agli impegni della giornata: pochi compiti e nessun allenamento di pallamano. Poteva prendersi il pomeriggio tutto per sé e fare qualcosa di piacevole.

E senza che potesse controllarlo, le comparve l'immagine del viso di Andrea che subito scacciò, accompagnando il ricordo con un gesto della mano, come se stesse allontanando una mosca.

«Bea, ma che fai?»

Si voltò e vide che era stata affiancata dalla bici di Diletta, la sorellina di Andrea.

«Dile!» esclamò Bea felice.

Accostò subito al marciapiede e la ragazzina fece altrettanto. Due ruote che si toccavano appena, le leve dei freni che si incrociavano, e un abbraccio stretto, lungo, di quattro braccia.

«Che bello vederti!» sorrise Bea.

«Anche per me» rispose Diletta. «Ma che stavi facendo? Era da un po' che ti seguivo a ruota.»

«Lascia stare. Pensieri.»

«Mi manchi un sacco» disse infine Diletta. «L'italiano non è più la stessa materia senza di te.»

Per tutto l'anno precedente Bea le aveva dato ripetizioni. Era capitato per caso, un caso che le aveva permcsso di conoscere Andrea

«Anzi, la casa non è più la stessa senza di te» continuò Diletta.

Una pennellata di tristezza ingrigì il viso di Bea. "Anche senza Andrea", avrebbe voluto aggiungere.

Bea le fece una carezza sulla guancia. «Allora, come va la scuola?»

«Te l'ho detto: l'italiano è uno schifo» rispose.

«Sapessi il mio» ribatté Bea. E scoppiò a ridere. «Quest'anno rischio, Dile. Sul serio. Sento che si sta preparando un gran casino.»

«Con la tua prof?»

«Mmm. Il problema è che quest'anno non sono disposta a subire.»

Diletta sgranò gli occhi divertita. «Stai diventando una ribelle?»

Bea scoppiò a ridere. «Boh... Chi può dirlo... Dai, vieni qui.» E l'abbracciò per la seconda volta, appoggiando il mento sulla sua testa.

Stettero lì a godersi il momento e Bea si ritrovò a pensare che l'amicizia era molto più semplice dell'amore: potevi stare abbracciata quanto volevi, senza che nessuno nutrisse delle aspettative.

«Ci vediamo presto» disse Bea.

«Sì. Ti prego.»

Bea apprezzò che non avesse toccato l'argomento Andrea, ma Diletta era una ragazzina sensibile, doveva immaginarselo.

Così l'una continuò a pedalare verso la prospettiva, l'altra svoltò per via Ugo Bassi.

Era da un sacco di tempo che non le capitava di avere un pomeriggio tutto per sé. Così provò a coinvolgere Ciutz, che latitava da un po', ma le rispose che l'indomani avrebbe avuto una verifica di storia dell'arte e doveva per forza studiare.

«Mi avresti proposto un pomeriggio di shopping?» chiese Carlotta, uggiolando al telefono. «Dimmi di no, ti prego, non riuscirei a studiare altrimenti.»

«Lo sai che a me fa schifo fare shopping.»

«Ecco, appunto» sospirò Ciutz. «Io mi domando come mai siamo ancora amiche, tu e io. Sarebbe come abbinare uno chiffon alla lana.»

«Ma la lana sei tu, ovviamente» disse Bea, ridacchiando.

«Crepa!»

«È semplice, Ciutz: tu sei quella bella, io quella intelligente. Insieme facciamo faville.»

«No, tu sei la scema, che è un po' diverso» intervenne Ciutz. «Comunque è un'ingiustizia che una secchiona come te abbia così tanto tempo libero, oggi. Quindi? Che fai?»

«Magari vado davvero a fare un po' di shopping alla faccia tua.»

«NON OSARE! Quando te lo chiedo io devo sempre implorarti, quindi te lo proibisco.»

«Shopping di libri, intendevo.»

Silenzio.

Bea rise. «Che non è propriamente in cima ai tuoi pensieri, giusto?»

«Dì pure che è lontano anni luce da me, cara. Tu devi spiegarmi una cosa: che te ne fai di un libro quando hai finito di leggerlo? Lo metti su uno scaffale e rimane lì a prendere polvere?»

«Può darsi, ma intanto il libro l'ho letto, Ciutz. E mi ha lasciato qualcosa. L'importante sono le parole.»

«Uff... le parole. A che cosa servono le parole? Non le puoi mica indossare, le parole, non sono un abito.»

«Le parole sono tutto, Ciutz. Un libro ti rimane dentro: è una specie di abito dell'anima, ecco.»

«"Un abito dell'anima"» le fece il verso Ciutz. «Dio quanto odio quando fai la dispensatrice di frasi da maglietta!»

Bea scoppiò a ridere. «Ti voglio bene.»

«Anch'io. Non spendere troppo in giornaletti.»

«Libri, Ciutz. Si chiamano libri...»

Bea inforcò per l'ennesima volta la bicicletta. Per un attimo pensò a quanti chilometri percorreva ogni anno da quando aveva cominciato a pedalare, quante volte aveva solcato le strade della sua città.

Di sicuro erano una svagonata.

Il fatto era che la bicicletta aveva una filosofia di locomozione perfetta per la sua visione del mondo. Ecco, andare in bicicletta rispecchiava il suo modo di vedere l'universo, un modo lento, cadenzato, sempre a contatto con l'esterno, un modo gentile, ma dinamico e curioso.

Le piaceva, poi, andare con ogni situazione atmosferica: con il sole, ovviamente, con cui giocava a nascondino a seconda della sua posizione cardinale; con il vento, con cui ingaggiava lotte a colpi di pedalate; con la pioggia che sferzava feroce il viso; con la nebbia, la cui carezza sfocata obbligava a percorsi incerti.

Fu durante l'ennesimo girovagare per la città che Bea si infilò in una serie di vicoletti del centro, un dedalo di stradine a comporre l'antico ghetto ebraico. E lì, tra la prima nebbia che stava calando sulle case, vide una luce nuova che non ricordava. Un'insegna luminosa.

Incuriosita, si avvicinò. In vetrina c'erano dei libri: ammonticchiati sullo sfondo, di piatto in primo piano, su leggii appoggiati di lato. In basso, ai piedi del tavolo che fungeva da espositore, c'erano dei poster con frasi ispirate ai libri. Bea ne lesse una: TUTTI I BAMBINI CRESCONO, TRANNE UNO, e sopra c'era l'immagine stilizzata di un uncino.

Scese dalla bicicletta e la legò a un palo, poi sbirciò all'interno: era un negozio davvero piccolo, ma caldo e accogliente. Si intravedevano alcune poltrone oltre un muro, sembrava un mini salotto. A colpire Bea furono due particolari. Prima di tutto gli scaffali stracolmi di libri, messi in doppia fila, e pure in orizzontale. E poi il colore dei muri: lilla. Tutto, compreso il soffitto. Sembrava una scatola di lavanda.

All'improvviso da un piccolo tavolo vicino alla

vetrina, tappezzato anch'esso di volumi, sbucò il volto di una ragazza sui trent'anni, due occhialoni da gufo sul naso e una cascata di capelli arruffati. Trasportava un metro e mezzo di libri.

La ragazza soffiò verso l'alto una ciocca di capelli e in quel momento si accorse di Bea. «Ciao» disse, ma la voce arrivò attutita. «Vuoi entrare?»

Presa alla sprovvista, Bea esitò, ma poi fece cenno di sì con la testa e spinse la porta. Il movimento fece tintinnare un campanellino.

«Ciao!» disse di nuovo la ragazza. «Scusa la confusione, ma è appena arrivato un bastimento carico di... libri!» rise. «Se vuoi curiosare in giro, mi fa piacere.»

Bea sorrise e si mise a spulciare tra i libri. Notò subito che a farla da padrone erano pubblicazioni di piccole case editrici.

Altre locandine appese ai muri pubblicizzavano incontri con gli autori.

«Ne faccio almeno uno a settimana» spiegò la ragazza, notando l'interesse di Bea. «Sposto quegli scaffali lì, che hanno le rotelle, li ammasso là in fondo e dissemino il pavimento di cuscini e qualche pouf. Arriva l'autore, arriva la gente, si chiacchiera di scrittura, di idee, di parole. Poi stappo una bottiglia di vino bianco, brindiamo e si va tutti a casa. Ti andrebbe di venire al prossimo incontro?»

Bea non aveva ancora detto una parola: era completamente rapita dalla libreria, dalla ragazza con la faccia buffa che le stava parlando, dalla sensazione di sentirsi protetta e avvolta da quel nido di pagine e inchiostro. Era da tanto tempo che non le succedeva, almeno da quando era stata colpita da una mitragliata di delusioni.

«Oh, ovviamente un analcolico, per te» aggiunse, scoppiando a ridere. «Si vede che sei ancora minorenne.»

Posò la pila di libri che aveva ancora tra le braccia e allungò una mano verso Bea. «Ciao, io sono Iris, la pazza proprietaria di questa libreria.»

Bea si riscosse, rispondendo alla stretta. «Piacere, Beatrice.»

Iris sgranò gli occhi, sorpresa. «No, non ci posso credere! Beatrice?»

«Sì. Perché?»

Iris la prese per mano e aprì la porta della libreria, facendo ancora una volta tintinnare il campanello. Indicò verso l'insegna del negozio. «Leggi un po' là.»

Bea alzò lo sguardo. Ma la nebbia era ammassata dispettosamente davanti alla scritta. Dopo qualche secondo, l'aria bianca e incerta si diradò.

IL MONDO DI BEA.

«Curioso, vero? Tu vieni qui, sbucando da chissà dove e magari in cerca di qualcosa e ti ritrovi in un posto che, a dar retta all'insegna, un po' ti appartiene» disse Iris, rientrando in libreria.

«Chi è Bea?»

«La mia nipotina di sei anni» rispose Iris. «È una furia, un uragano, è argento vivo: insomma, una deliziosa rompiscatole. E io sono pazza di lei.»

In quell'istante, Bea si accorse di una foto racchiusa in una cornice di cartone e chicchi di riso colorati. Mostrava un elfo dal viso paffuto e birichino con maglietta, pantaloncini e un paio di ali luminose che spuntavano dalla schiena, a mo' di zainetto.

«È lei?»

Iris annuì. «In versione fatina. Ti va una tisana alla liquirizia?»

«Adoro la liquirizia» rispose Bea. «E comincio a adorare questo posto. Quando hai aperto? Io passo spesso di qui e non l'ho mai visto.»

«Un mese fa» rispose Iris, mentre accendeva il bollitore. Dopo qualche secondo l'aria fu invasa dal suono dell'acqua in ebollizione.

«Zucchero?»

«No, mi piace così, grazie.» Bea prese la sua tazza a due mani e una sensazione di tepore si irradiò per tutto il corpo.

«Vieni, sediamoci su quelle poltrone.»

Appoggiarono due pile di volumi a terra e si sedettero.

«Sono ancora baraccata, lo so, ho mille cose da mettere a posto, ma la libreria mi piace così, tutta incasinata» disse Iris scoppiando a ridere.

«Dev'essere un lavoro bellissimo, quello della libraia» disse Bea, raccogliendo un volume da terra. Si intitolava *Non avere paura dei libri* e pensò che fosse un titolo meraviglioso.

«Ah be', io non potrei fare altro» rispose, dopo aver dato un sorso alla sua tisana. «In realtà prima facevo un lavoro "vero" in un'azienda con uno stipendio fisso. Avevo pure fatto carriera.»

«Ma...?»

«Ma ho capito che non faceva per me. Era un lavoro freddo, esecutivo: non facevo nulla di mio. Non so se riesco a spiegarmi.»

Bea annuì.

«Il mio cuore non era in quello che facevo, insomma.»

«E poi? Cos'è successo?»

Iris bevve un'altra sorsata di tisana e lo sbuffo di fumo che proveniva dalla tazza le appannò per un attimo gli occhiali.

«È successo che ho cominciato ad avere tanti problemi fisici: bronchiti, mal di testa, congiuntiviti, herpes... Ma io imperterrita continuavo ad andare in ufficio. Quando proprio non ce la facevo, stavo a casa e mi mettevo a leggere, che è sempre stata la mia grande passione.»

Altra sorsata.

«O, meglio, ho *ricominciato* a leggere» continuò Iris, «perché ho sempre adorato farlo, solo che negli ultimi anni non avevo più tempo e le uniche mie letture erano resoconti di riunioni, tabelle di numeri, email. Ho capito che era stato il mio lavoro ad avermi assorbito e isolato.»

«Quindi hai ricominciato a leggere un anno fa.»

«...E non ho mai più smesso. Dormivo sempre meno per avere tempo in più per leggere le mie amate storie.»

«Ma Bea, tua nipote, cosa c'entra?»

Iris sorrise al ricordo di quell'episodio. «Un giorno in cui ero a casa dal lavoro perché avevo la febbre, mi chiama mia sorella e mi supplica di tenerle Bea, pure lei ammalata. Quindi me la porta prima di andare a lavorare e tutte e due ci ritroviamo a disegnare, colorare e a raccontarci favole. Io prendo vecchi libri che ancora conservavo da quando ero piccola e glieli faccio vedere, inizio a inventare personaggi nuovi, dialoghi spiritosi, altri sviluppi di amori, finali diversi. Tanto che la mia nipotina mi fa: "Zia, tu sei tutta sbagliata nel posto dove lavori. Dovresti fare la *raccontatrice*. Oppure la fata delle pagine. La guardiana delle biblioteche. Oppure vendere libri". E *tac*!, mi sono illuminata.»

«Anche la scrittrice sarebbe stato carino, però» disse Bea.

«Oh sì, ma a me piace di più leggere che scrivere. Fare la libraia poteva essere la strada giusta. Ricordo che quel giorno la febbre mi è salita fino a trentanove: le parole di mia nipote e la sua schietta saggezza infantile mi avevano scavato dentro. Ho dormito agitatissima, come in preda al delirio, ma il giorno dopo mi sono svegliata completamente sfebbrata e piena di energie. Ero decisa.»

«A fare il patatrac?»

Iris annuì. «Mi sono licenziata e con i soldi della liquidazione ho affittato questo negozio. Ho fatto tutto da sola, assieme al mio fidanzato: ho scelto il colore dei muri (avrai capito che adoro il viola), poi ho montato tutti gli scaffali che vedi. Mancava solo il nome al negozio. Ci ho pensato: doveva rispecchiare me e la nuova vita che finalmente mi ero costruita. E così è nato *Il mondo di Bea*, in omaggio alla mia Beatrice.» Iris si allungò sulla poltrona come un gatto soddisfatto. «Ed eccomi qua: povera sì, ma senza più fastidiose emicranie. E soprattutto sono felice.»

«Sei stata coraggiosa» commentò Bea. «Non credo sia facile mollare un lavoro sicuro per buttarsi in qualcosa che piace, ma senza certezze.»

«Credo di sì. Ma io un po' pazza lo sono sempre stata» rispose, ridendo.

«Be', ora sarà meglio che vada» disse Bea, alzandosi dalla poltrona. Aveva buttato un occhio all'orologio a parete: segnava già le sette. «E mi sa che pure tu devi chiudere.»

Iris fece spallucce. «Sì... no... forse. In realtà non ho orari, ma non mi pesa. Piuttosto: avevi bisogno di qualcosa? Mi sono messa a chiacchierare e non ti ho chiesto nulla.»

«Niente in particolare, in realtà ho già trovato qualcosa.»

Iris le aveva regalato una storia, la sua storia, e questo era un regalo prezioso.

«Non esiste che si esca dal mio nido senza avere un libro in mano» disse Iris. «Quindi sai che faccio? Inauguro con te un'iniziativa che mi frullava in testa già da un po'.» Si mise di fronte a uno degli scaffali. «Mmm, vediamo...» Guardò con attenzione da sinistra verso destra e viceversa, poi dal basso verso l'alto, passando in rassegna i libri. «Eccoti qui! Ti eri imbucato per bene, eh» disse estraendo un volume fra tanti. Si voltò verso Bea tenendo il libro dietro la schiena. «Oh, non ti preoccupare: io parlo spesso con i libri. Allora ti racconto in breve la mia idea. Voglio che questa libreria, nata come una specie di regalo del destino, diventi un luogo di condivisione di storie, un po' come ho fatto io oggi con te. E la cosa più facile è quella di usare i libri come messaggeri, o come regali. A partire da adesso.»

Bea inclinò il capo, confusa.

«Chi compra in questa libreria potrà decidere se acquistare un altro libro a sua scelta e donarlo al cliente successivo. Il cliente successivo, a sua volta, potrà ovviamente decidere di fare altrettanto, e così via. In questo modo i libri diventeranno... Regali Raccontati. Che ne pensi?»

A Bea brillarono gli occhi. «Regali Raccontati? Penso che sei un genio. E penso pure che non potevi trovare modo migliore per diffondere l'amore per i libri.»

Iris fece un piccolo inchino. «Grazie. E comunque, come dicevo, volevo iniziare da ora: questo è il mio regalo per te.» Allungò il braccio nascosto dietro la schiena.

Bea lesse il titolo e sbiancò. *L'amore ai tempi del colera*: uno dei libri più amati da lei e da Andrea. Anzi, la loro storia era nata proprio in seguito a un messaggio che parlava di quel libro.

Iris interpretò male la sua espressione. «Mi dispiace, forse sei rimasta delusa... Ma ti assicuro che è una storia bellissima.»

«Oh certo, lo so: è uno dei miei libri preferiti, lo adoro. Non fare caso alle mie facce: è un periodo in cui sono molto sensibile, tutto qui.»

«Allora se ce l'hai già te ne regalo un altro.» Si voltò e prese *Colpa delle stelle* di John Green.

«Grazie!» esclamò Bea. «Quindi adesso tocca a me, giusto?»

«In realtà non sei obbligata.»

«Lo so, ma a me questa cosa piace un sacco, quindi ora scelgo anch'io il mio Regalo Raccontato.»

Passò in rassegna i titoli davanti a lei. *Che scelta complicata regalare un libro a una persona sconosciuta*, pensò.

«Difficile, vero?» disse Iris, leggendole nel pensiero.

«Parecchio. Come faccio a indovinare i gusti di una persona?»

«E allora regala semplicemente un libro che ti è piaciuto molto, con la speranza che la persona che lo riceverà provi lo stesso piacere nel leggerlo.»

«Ok.»

Bea si concentrò sulla marea di titoli, caratteri, spessori, colori, poi lo sguardo cadde su *Un giorno questo dolore ti sarà utile*, di Peter Cameron, e *PLUF!*, un carpiato dritto nel cuore.

Era il libro che aveva letto l'estate scorsa in Corsica. In un attimo, Bea ricordò le giornate al mare, piene di tensione, salvo quando lei e Andrea iniziavano a parlare di quel libro.

Lo prese, lo aprì e arrivò a una pagina precisa. La mente volò via.

Era distesa sull'asciugamano di spugna dai colori arcobaleno. "C'è un passaggio che ho adorato" stava dicendo. "Senti qui: *Leggerei. Leggerei tanto, tutti i libri che ho sempre voluto leggere ma non ho potuto perché dovevo andare a scuola. E poi mi troverei un lavoro, ad esempio in una biblioteca, o come portiere di notte o roba del genere*. Dà proprio l'idea di quel poco che gli basterebbe per essere felice."

"Vero."

I loro occhi dietro alle lenti da sole si stavano fissando, ma in maniera nascosta e dubbiosa. Poi Bea aveva riabbassato la testa e Andrea si era alzato per andare a fare un bagno.

«Allora? Scegli questo?» chiese Iris, riportando Bea alla realtà.

«Sì. Posso mettere un bigliettino dentro il libro? Mi piacerebbe che chi lo ricevesse cercasse almeno una delle risposte che ho trovato io.»

«Ma certo! Mi pare un'ottima idea. Ecco, tieni» disse Iris, porgendole carta e penna.

Bea si appoggiò alla scrivania e scrisse la sua frase. Poi infilò il foglietto tra le pagine.

«Ecco qui» sorrise. «Grazie, tornerò presto, Iris.»

«Grazie a te, Bea. Ti aspetto.»

Aprì la porta e il campanellino tintinnò, disperdendo il suo suono nell'aria, fino a svanire lungo i tetti.

Una malinconia bianca e ovattata si impadronì di lei, come l'aria che l'avvolgeva. Che cos'aveva sperato, dando in omaggio quel libro così amato? Che sarebbe arrivato Andrea a prendersi il suo Regalo Raccontato, magari trovando un legame con lei?

In quel momento, proprio mentre si stava chinando ad aprire il lucchetto della bici, sentì dei passi. Si rialzò con il cuore a tremila giri e si trovò di fronte un ragazzo alto, biondo, i capelli ricci, gli occhi azzurrissimi, quasi irreali. Lui la fissò per un istante e poi le disse: «Dovrei entrare».

Bea si accorse di essere proprio in mezzo tra la porta della libreria e il marciapiedi. «Oh, scusa.» E si mise da parte.

Il ragazzo aprì la porta e il campanello trillò di nuovo.

Quindi sarebbe stato lui il destinatario del suo Regalo Raccontato?

Fuggì prima che i suoi occhi, attraverso la vetrina, potessero trovare conferme.

Si voltò ancora una volta: la scritta dell'insegna, seppur illuminata dai faretti, era illeggibile in quel pallore di luce. La porta della libreria continuava a rimanere chiusa, segno che il ragazzo era ancora dentro.

Non voleva pensarci più. Si alzò il bavero del giubbottino e, come se vagasse nel fumo, pedalò fino a casa.

17 novembre

Sabato pomeriggio. La partita di pallamano alla palestra della scuola era appena finita con una bella vittoria. Il campionato era iniziato bene.

Bea si sentiva in forma, aveva voglia di *fare*. Forse aveva solo bisogno di buttare fuori un sacco di energia.

Negli spogliatoi c'era fermento: di lì a poche ore

sarebbe iniziata la festa all'Enigma, una discoteca vicino alla scuola.

La chiamavano "festa dei liceali" e veniva organizzata sempre il terzo weekend di novembre per festeggiare l'inizio dell'anno scolastico.

Anche se Bea non era molto amante della discoteca, aveva deciso di stare insieme ai suoi amici che, mai come in quel momento, le erano di conforto.

Aveva capito che ci sono momenti della vita dove avere un piano B (e magari anche C) è la scelta vincente. Mai, mai, MAI basare la propria esistenza su un unico motivo di soddisfazione. Essere il più versatili possibile, coltivare più alternative alla felicità: questo sì che era assennato. Lo studio, gli amici, lo sport, le passioni, un hobby, un amore: se una di queste cose va male, deve esserci sempre qualcos'altro che possa rimpiazzare un fallimento temporaneo.

«Come ti vesti, stasera?» le chiese Anna sotto la doccia.

«Vestitino rosso e stivaletti stile Peter Pan» rispose Bea.

«Ho capito quale» si intromise Gioia, dalla doccia accanto. «Mi piace un sacco quel vestitino lì. Dove l'hai preso?»

«Me l'ha portato mio padre da un viaggio di lavoro a Berlino» rispose Bea. «Qualche volta, se vuoi, te lo presto.»

«Sei un tesoro» rispose Gioia, sciacquandosi lo shampoo dagli occhi.

«Giacomo mi ha detto che stasera vuole sorprendere. Non oso pensare in che modo» commentò Anna.

«E se si presentasse tipo *Priscilla, la Regina del deserto*? È un film che adora» disse Bea.

«Credo che anche lui sappia che zatteroni e un vestito carioca sarebbero un po' troppo esagerati.»

«Anch'io comunque ho voglia di azzardare, stasera» disse Marta, due docce più in là. «Ho saputo che quest'anno ci sarà anche qualche ragazzo dell'università, di quelli che erano in quinta l'anno scorso.»

Bea spuntò dalla sua doccia. «Stai scherzando?!»

«No. Perché quella faccia?»

«Niente.»

«Hai paura che ci sia Andrea?» le sussurrò Anna.

Bea rimase in silenzio, pensierosa, poi alzò le spalle. «Anche se fosse? Chi se ne frega.»

Chi se ne frega un corno! Era già agitata al solo pensiero.

I loro ultimi contatti risalivano alla sera in cui era tornata a casa dalla libreria *Il mondo di Bea*. Parlare dei libri che aveva letto con lui, le aveva scatenato un'ondata di ricordi, e soprattutto tanta nostalgia.

Le mancava tutto di lui, ma soprattutto la dilaniava il pensiero di non capire cosa li avesse portati a quella situazione.

Se non lo capiva, voleva dire che non era poi così importante, giusto?

Il motivo, non la storia.

Per questo quella famosa sera, dopo il pomeriggio da Iris, Bea aveva deciso di prendere in mano il cellulare e scrivergli. Dapprima le era venuta l'idea di chiamarlo, ma poi aveva vinto la "modalità struzzo", ovvero: ci provo, ma non fino in fondo, senza espormi troppo, insomma. Perché telefonare, facendo sentire il tono della voce, con tutte le emozioni e le incertezze, sarebbe stato molto più rischioso.

Meglio un cauto messaggio, che lui poteva leggere quando voleva e, nel caso, rispondere (ovvio che se avesse deciso di non farlo si sarebbe suicidata mangiando quattro pacchetti di *Casa Fiesta Hot Chili* innaffiati da una boccetta di tabasco).

Così, distesa sul letto e con le cuffiette nelle orecchie (ultimamente si era presa una cotta per Patty Smith), aveva preso il telefono e aperto la chat.

Bene. Cosa scrivere?

Non voleva scadere sul messaggio anonimo, tipo "Ciao, come va?", che tra l'altro dava spazio a risposte altrettanto banali, che non servivano a nulla per riallacciare un qualche filo sentimentale.

Ci voleva un'idea forte, ma discreta al tempo stesso. E chissà perché le parole fanno sempre una fatica pazzesca a uscire giuste nei momenti importanti. È la cosiddetta "legge del treno perso".

Le vennero in mente mille ipotesi, ma tutte via via scartate: ogni parola poteva avere sfumature diverse se letta su uno schermo.

Poi s'illuminò: ma certo, erano le parole a essere sbagliate! Forse doveva trovare un altro mezzo, tipo... Si guardò attorno e posò gli occhi su *L'amore ai tempi del colera*. Quante volte ne avevano parlato!

Le venne un nodo in gola.

Fotografò il libro appoggiato alla scrivania, usando un filtro che desse l'effetto un po' sfumato, onirico. Completò l'opera con una cornice e aggiunse solo *Ricordi?*.

Il dito rimase per un attimo sospeso sul tasto *invio*, il respiro trattenuto, come quando si fa qualcosa che richiede la massima concentrazione.

Invio.

Non si poteva più tornare indietro.

Chiuse veloce l'applicazione e appoggiò il telefono sul comodino, il cuore che batteva violento, come la voce di Patty che le urlava nelle orecchie. Rimase lì, supina, a guardare il soffitto, aspettando qualcosa che sembrò non arrivare mai.

Ma poi...

Andrea: Che botta...

Colpo al cuore.

Bea: Allora ricordi?

Andrea: E come potrei dimenticare? È da lì che è nato tutto il casino.

Stretta allo stomaco.

Bea: Ah, vedi tutto come un casino...

Andrea: Sicuramente sì. Tu sei il mio casino

E ora che cosa rispondo? Mi sbilancio? Faccio un passo indietro? Neutra?

Bea: E tu il mio.

Rimasero per un attimo senza scriversi nulla, ma tutti e due online. Poi ecco: *sta scrivendo.*

PLIN.

Andrea: Come sta andando?

Bea: A cosa ti riferisci? Scuola, sport, o...

O l'amore... Cosa voglio fargli credere? Che magari sto pensando a qualcun altro?

Andrea: Dai, un po' tutto. La tua vita, pulce.

Colpo al cuore parte seconda. Quando mi chiama così è come se non fosse mai successo nulla.

Bea: Faticoso. Tutto molto faticoso, ma immagino sia normale.

Andrea: Leggi?

Bea: Sempre. È il mio rifugio.

Attenta a non sembrare emotivamente fragile.

Non dargli appigli.

Cambia subito discorso.

Bea: Proprio oggi ho scoperto una libreria nuova.

Andrea: Dove?

Bea: in via Gioco del Pallone. E sai come si chiama? Tieniti forte...

Andrea: Spara 🙂

Bea: Il mondo di Bea.

Andrea: Nooo! Ma allora sei famosa!

Bea: Scemo! (faccina che ride con copiose lacrime) La proprietaria è una ragazza fighissima: ha avuto il coraggio di cambiare vita.

Piccola stoccatina, come a dire: lei sì che ha scelto con il cuore, mentre tu sei lì a Milano a studiare materie che non ti piacciono.

Bea: E tu? L'università?

Andrea: Ma sì, dai. Pensavo peggio.

Bea: Pensavi peggio?

Andrea: 🙂 Considerando che non è quello che volevo fare... Ma io forse non ho avuto le palle, no?

Mi ha dato una stoccatina lui o sbaglio?

Andrea: E continui con la pallamano?

Bea: Certo, ho molta voglia di giocare. Mi scarica un sacco.

Andrea: Bene. Non mollarla, mi raccomando.

Bea: Ma no. E tu? Riesci a fare un po' di sport?

Andrea: Ah, ecco la novità! Mi sono iscritto a un corso di arrampicata, lo sai?

Se è una novità, non posso saperlo, ti pare?

Bea: Arrampicata?! E da quando ti piace arrampicare?

Andrea: È capitato per caso. Sono andato una domenica in Grigna, vicino a Lecco, con Camilla e alcuni suoi amici...

Comecomecomecome?! Camilla?! Ho letto bene?!

Bea si era messa seduta sul letto, gli occhi fuori dalle orbite. Possibile che parlasse di quella Camilla?! Della sua ex dalla puzza sotto il naso? Di quella petulantissima biondina che piazzava parole inglesi qua e là che manco vivessimo tutti a Londra?! Che cosa c'entrava, ora, con lui?!

Non riuscì a trattenersi.

Bea: Camilla... Quella Camilla?

Andrea: Be', sì. È venuta a studiare anche lei a Milano...

PEM! Una mazza da baseball dritta sulla calotta cranica. Cervelletto spappolato.

CAMILLA

ERA

ANCHE

LEI

A

MILANO.

E a quanto pare scorrazzava con Andrea per le montagne.

Un camoscio con la tutina rosa e la borsetta firmata.

Gli occhi di Bea si iniettarono di sangue e si fecero piccoli piccoli, come quelli di un furetto velenoso.

Non riuscì a reggere altro.

Bea: Ora devo andare, scusa.

Andrea: Scusa tu, magari ci risentiamo in un altro momento.

Bea: Ciao.

Andrea: Un bacio...

Bea chiuse. Applicazione, telefono e testa. Pigiama,

e via sotto le coperte. Non voleva pensare a nulla.

Ma per tutta la notte non fece altro che pensare ad Andrea, attaccato a Camilla con corda e moschettone, che magari si facevano pure un selfie, tutti sorridenti.

E immaginò se stessa, che si avvicinava pian piano e poi, inavvertitamente...

Ok, non era corretto, ma parecchio liberatorio.

Suonarono al campanello di casa Zanardi, proprio quando Bea aveva appena finito di darsi un'ultima occhiata allo specchio, scuotendo la massa di capelli lunghi e lucidi ad accarezzare il vestitino. Rosso e corto, ma non troppo.

Un paio di stivali di nappa ai piedi.

Era pronta.

Andò ad aprire e si trovò di fronte Carlotta, la Ciutz, accompagnata da Alex, il suo ragazzo. «Tesoro, stasera non scherzi affatto» disse la ragazza, squadrandola. «Allora è questo il famoso vestitino rosso.»

Prese un lembo del tessuto per soppesarlo meglio.

«Sì, ma l'ho sdrammatizzato con gli stivali bassi» rispose Bea, alzando una gamba.

Ciutz storse il naso. «Mmm, noto. Diciamo che avresti potuto azzardare con un minimo di tacco, ma te lo perdono. In fin dei conti sei già estremamente intelligente, non puoi essere pure estremamente gnocca!»

Bea scoppiò a ridere, poi si rivolse ad Alex. «Ma come fai a sopportarla?»

Il ragazzo fece un sorriso rassegnato. «Che vuoi farci. Forse devo scontare qualcosa in una mia vita precedente.»

Carlotta gli puntò un dito sotto il mento. «Ehi, ciccio, ricordati che io sono la cosa più bellissima che potesse capitarti.»

«Ciutz, "più bellissima" non si dice...»

«Oddio, è arrivata la Signorina Saputelli» commentò Ciutz, alzando gli occhi al cielo.

«A proposito di saputella, tieni» disse Bea, porgendole un libro. Era *Colpa delle stelle*, il regalo di Iris. «È per te.»

«Ah.»

Ma Ciutz non accennava a prenderlo.

«Guarda che non morde.»

Finalmente allungò la mano. «È uno scherzo, vero?»

Bea rise. «È un invito, semmai. Secondo me questo libro potrebbe piacerti. Io l'ho divorato.»

«Tu divori tutto, Bea, anche le istruzioni del frullatore. Mentre a me leggere fa schifo.»

Bea alzò le spalle. «A volte è solo questione di trovare il libro giusto, insistere. Fidati di me per una volta.»

Ciutz sospirò e mise il libro nella borsa.

«Vedremo... Allora? Siamo pronti per il Gran Ballo Imperiale?»

«Certo, prendo la borsa e ci sono. Dobbiamo solo andare a recuperare Anna» rispose Bea.

Carlotta sbuffò. «Uffa. Prima o poi ti obbligherò a una scelta: o lei o me.»

«Tanto lo so che non dici sul serio. E poi lo sai che voglio bene a tutte e due, ma in modi diversi.»

Si slanciò a darle un bacio.

Ciutz fece finta di asciugarsi la guancia. «Paracula.»

Anna abitava verso il centro e per arrivarci si doveva percorrere una serie di stradine a senso unico che Bea di solito faceva in bicicletta. Ogni tanto però le piaceva anche farle in auto, seduta dietro, soffermando lo sguardo sulle finestre illuminate, dove spuntavano soffitti a cassettoni, lampadari dalle luci calde, quadri giganti, ombre inaspettate. Amava sbirciare le luci nelle case degli altri, indovinando i gusti degli abitanti.

Improvvisamente il cuore iniziò a batterle all'impazzata: stavano passando davanti alla casa di Andrea. Eccolo lì il portone che lei aveva varcato un sacco di volte, con mille stati d'animo differenti. Chissà se lui era in casa, ora, e se sarebbe venuto alla festa...

L'auto passò oltre. Proseguì dritto, poi voltò a destra, infine a sinistra, approdando davanti alla casa di Anna.

«Eccoci arrivati dalla tua amichetta» disse sarcastica Ciutz. Poi si voltò mostrando un sorrisone tirato. «Suoni tu per farti buttare la treccia?»

Bea scese e nel giro di cinque minuti Anna le era seduta accanto.

Ciutz sbirciò il look nero della ragazza dallo specchietto retrovisore. «Wow. Sei molto rock» commentò ironica.

«Vero?» disse Anna. «Sapevo che ti sarebbe piaciuto.»

Poi si voltò e fece un sorriso complice a Bea.

Era un po' il copione di quello strano triangolo: Ciutz punzecchiava, Anna rispondeva ironica e, quando si esagerava, Bea stemperava.

Perché bisogna esserne coscienti: quando si è amiche in tre è un po' un casino. Bea, Carlotta e Anna avevano trovato un loro strano equilibrio, il cui fulcro dipendeva da Bea. Senza di lei, Anna e Carlotta non si sarebbero neppure salutate. Con Bea presente, invece, i ruoli erano stabiliti e alla fine funzionavano.

Parcheggiarono abbastanza distante dal locale e furono costretti a percorrere parecchi isolati a piedi, con Ciutz che si lamentava perché lei aveva un tacco dodici da gestire. «Mica come voi che avete indossato le pianelle» disse, indicando con il mento gli stivali delle amiche.

L'Enigma non era una gran discoteca, ma era l'unica in città e i ragazzi se la facevano bastare.

Il pavimento era formato da una serie di quadrati opalescenti al di sotto dei quali brillavano neon colorati, con effetto psichedelico. Le luci intermittenti illuminavano la pista, la zona bar era affollata di studenti dai diciotto anni in su.

L'atmosfera era bella calda, con la pista affollata di ragazzi scatenati sulle note dei revival anni Settanta: Gloria Gaynor, Barry White, Donna Summer, James Brown, Chic, Bee Gees, Lou Reed, Sex Pistols...

Anna si voltò verso le amiche. «Allora, che cosa stiamo aspettando? Che arrivi Marvin Gaye in persona a chiederci di ballare?»

Ciutz scosse la testa e si arpionò al braccio del suo ragazzo. «Io non ci penso nemmeno a scendere in quella bolgia sudaticcia.»

«E allora perché sei venuta?» l'apostrofò Anna.

«Perché era l'unica festa decente in tutta la città» rispose serafica. «Quale occasione migliore per far vedere le mie scarpe nuove?» E alzò vezzosa la gamba.

Anna sospirò, poi prese Bea per mano e la trascinò in pista. Fu un attimo entrare a far parte di quella mandria sgroppante. Non appena le due ragazze misero piede sulla pedana furono risucchiate dal movimento convulso di un centinaio di corpi.

Bea si lasciò trasportare dal ritmo della musica, con i bassi che scuotevano il pavimento, rimbalzavano tra le gambe ed esplodevano in pancia.

Se si viene davvero trascinati dalla musica, è impossibile ballare composti.

Bea passò da qualche semplice movimento a veri e propri salti, poi a salti con la variante braccia alzate.

Ben presto lei e Anna si ritrovarono con il viso imperlato di sudore. E dopo un po' Anna fu la prima a fare segno di time out. «Penso di aver perso diciotto galloni di liquidi» urlò.

«Andiamo a bere qualcosa?» chiese Bea, avvicinandosi all'orecchio dell'amica.

Anna fece cenno di sì con la testa e intanto si scostò i capelli dalla fronte.

Si fecero largo tra la barriera umana raggiungendo a fatica il bancone dove un'altra muraglia di universitari se ne stava coi bicchieri in mano. Era chiaro che la "fauna" del locale si era suddivisa in due categorie: i liceali veri e propri, ovvero i festeggiati, che avevano invaso la pista da ballo, e gli universitari, che se ne stavano incollati al bar con aria di sufficienza, come se non volessero mischiarsi con quelli più piccoli di loro.

Bea li scrutò di nuovo a uno a uno, ma *lui* non c'era. Non era venuto.

Poi, girandosi, vide un ragazzo con il gomito appoggiato al bancone che chiacchierava con un paio di amici. Le ricordava qualcuno o, meglio, aveva l'impressione di averlo già visto, ma non era sicura dove.

Si avvicinò ad Anna. «Quel tizio là, lo vedi? A ore dieci.»

«A ore dieci?» ripeté Anna, guardando l'orologio al polso.

Bea sbuffò. «Non intendevo l'orario, ma la posizione rispetto a noi: a ore dieci, quindi a nordovest!»

«Ah, capito.» Anna allungò il collo oltre la spalla di Bea e lei le diede un pestone.

«Ahia!»

«Guarda con più discrezione! E non urlare.»

«Siamo in una discoteca che pompa musica a diciottomila decibel, chi vuoi che ci senta?!» sbottò Anna.

«Insomma, l'hai visto sì o no?»

Anna guardò il ragazzo biondo che stava parlando con gli amici.

«Chi? Riccioli d'Oro?» commentò. «No, mai visto. Ora scusa, ma se non vado in bagno subito qui succede un casino.» E si dileguò.

Bea si mise a fissare il ragazzo, che intanto indicava alcune persone del locale ed esplodeva in una risata. Doveva capire dove l'aveva già visto. E quando lui diede una lunga sorsata dal bicchiere, mentre i riccioli gli accarezzarono il colletto della camicia, fu sicura di rivivere un *déjà vu*.

Probabilmente Riccioli d'Oro si accorse di essere osservato, perché restituì l'occhiata: diretta, sfrontata e beffarda.

Colta sul fatto, Bea si sentì avvampare e si voltò di scatto verso il barista. «Un analcolico alla frutta» bofonchiò rapida.

Ma dov'era finita Anna? Possibile che fosse ancora in bagno, proprio adesso che aveva bisogno di una spalla che l'aiutasse a sembrare un po' disinvolta?

Dio che figura, pensò. Si chinò sulla cannuccia, la testa incassata tra le spalle e ne approfittò per controllare con la coda dell'occhio se lui la stesse ancora guardando. Non c'era più. *Ok, via libera*. Rilassò le spalle e riprese a respirare. Aveva sfiorato una colossale figura di...

«Ci conosciamo, per caso?»

Bea sussultò, rovesciandosi tutto l'analcolico addosso. Davanti a lei, Riccioli d'Oro.

«I-i-io non so... Credevo... Sì, insomma, mi sembrava...»

E, complice la distanza ravvicinata, l'immagine reale del ragazzo si sovrappose con il ricordo di qualche settimana prima, quando l'aveva visto sbucare dalla nebbia e entrare in libreria. «Ora ricordo!» esclamò. «*Il mondo di Bea*!»

Lui aggrottò la fronte. «Sei ubriaca?» chiese.

«Ma no, intendo la libreria del centro» spiegò Bea. «Quella nuova, piccolina. La proprietaria si chiama Iris.»

Lui si illuminò. «Ah, ora ricordo. Sì, ci sono andato una sera e...» Doppia illuminazione. «Quindi eri tu la ragazza che stava aprendo il lucchetto della bici!»

Lei sorrise soddisfatta. «Appunto! Sono io!»

«Piacere, io sono Emanuele» disse, facendo vibrare il bicchiere su quello di Bea. «Ema, per gli amici.»

«E io Beatrice» rispose al tintinnio, alzando il suo bicchiere. «Bea, per gli amici.»

Bevvero un sorso e si sorrisero.

«Senti, te lo devo chiedere: che cosa hai pensato del libro che ti ho regalato?»

«Scusa?!» chiese Ema. «Dai, passami il tuo bicchiere così lo annuso.»

«Ma perché?»

«Perché ho ragione: stai bevendo roba marcia, di' la verità.»

Bea rise.

«Non ci conosciamo neppure e mi parli di un libro che mi avresti regalato?!» chiese Ema.

«Ma non *a te*!» spiegò Bea. «O meglio, non sapevo che sarebbe andato a te. Quando sei andato in libreria credo che Iris ti abbia dato un libro che il cliente precedente, cioè io, aveva pagato per te. Il libro era *Un giorno questo dolore ti sarà utile*.»

«Ahhh, sì... Ora ricordo!»

«Quindi?» chiese lei. «Ti è piaciuto?»

Ema mise il broncio, guardandola di sottecchi. «Ehm... a dire il vero non l'ho ancora letto. Mi perdoni?»

Le sfiorò la guancia con un dito. Fu un gesto tanto inaspettato quanto esageratamente intimo che costrinse Bea a ritrarsi.

«Ho interrotto qualcosa?» chiese Anna, raggiungendoli.

Bea fece un ulteriore passo indietro, imbarazzata. «No no... Anna, lui è Emanuele. Ema, lei è Anna.»

I due si strinsero la mano.

«Be', direi che ora raggiungo i miei amici, ragazze» disse lui. «Spero di rivedervi presto. Ciao!» E si dileguò tra la folla.

Anna si voltò verso Bea. «Ma quando l'hai conosciuto?»

Lei alzò le spalle. «Poco fa. È venuto lui.»

«Quindi hai fatto colpo su Riccioli d'Oro!» sorrise Anna, dandole di gomito.

Bea scoppiò a ridere. «Ma va...»

Nel frattempo Anna aveva distolto lo sguardo, allungando il collo oltre la folla. «Ehi, ma quello non è...»

Bea si voltò incuriosita: occhi e bocca si spalancarono di colpo.

«GIACOMO?!» esclamarono all'unisono.

Il loro amico indossava una camicetta rosa aderente, aperta fino a metà petto, un paio di jeans attillati che delineavano con chiarezza ogni sua curva (Bea dovette ammettere che poteva vantare un paio di gambe da schianto) e ai piedi... un paio di scarpe dai tacchi vertiginosi.

Jack andò loro incontro agitando una mano in modo vezzoso. «Yuhuuu, ragaaazze!»

Le raggiunse con facilità perché tutti, al suo passaggio, gli fecero largo come l'apertura del Mar Rosso. Incurante degli sguardi, dei bisbigli, degli indici puntati, dei sorrisini, Giacomo abbracciò Bea e Anna. In quel momento Bea notò che era pure truccato con matita, gloss e smalto lucido alle mani.

Bea sorrise, scuotendo la testa. Ma la sua era ammirazione: Giacomo se ne fregava di tutto e di tutti per seguire la sua natura, per vestirsi come voleva. Aveva voglia di mettersi un bel paio di scarpe col tacco? Lo faceva e fine. Sfrontato di fronte a ogni pregiudizio. Ecco, se Bea avesse dovuto indicare una persona coraggiosa, questa era Giacomo.

«BRUTTO FROCIO!» si sentì urlare dall'altra parte della sala.

Tutti si voltarono.

«Chi è stato?» chiese Bea, guardandosi in giro per cercare il responsabile, ma con quella folla di persone era impossibile. Vide solo Emanuele che si stava facendo largo per uscire. E per un attimo fu tentata di rincorrerlo per salutarlo.

«Mi spiace, Jack» disse Bea, mortificata.

«Tranquilla, *darling*, non potrebbe fregarmene di meno» rispose lui. Poi alzò la gamba e piazzò un piede sul bancone del bar, per mostrare i suoi tacchi vertiginosi. «Stasera mi sono messo giù da gara e ho tutta l'intenzione di godermela.»

Ciutz arrivò assieme ad Alex e fischiò ammirata. «Peeerò! Gran belle scarpe. Ho visto la tua entrata trionfale dalla balconata. Noi dobbiamo fare due chiacchiere: tu hai stile da vendere.»

«Quando vuoi. Lo sai che se c'è da parlare di tacchi, profumi e paillettes io ci sono sempre.»

17 dicembre

Tutto esplose in un colpo solo.

Bea sapeva che prima o poi sarebbe capitato, se lo sentiva. E quella mattina era andata a scuola con la convinzione che sarebbe successo il putiferio.

Era il 17 dicembre e a breve sarebbero iniziate le vacanze natalizie. In classe era tutto un pullulare di verifiche e interrogazioni dell'ultima ora.

Bea non aveva voglia di fare lezione con la strega della Strozzi. Ma, del resto, quando mai ne aveva avuto voglia? Quella donna rappresentava ciò che di più negativo poteva incarnare un professore: strette vedute, incapace di appassionare alla propria materia, dotata di miopia intellettuale. Senza contare che, dopo la serata di Giacomo in discoteca, la Strozzi, forse informata dei fatti, si era pure permessa di fare un panegirico tutto incentrato sulla decenza dei costumi, sul rispetto dei cittadini, sulle malattie "che colpivano certe persone che sentivano il bisogno di comportarsi contro natura".

Bea si era voltata verso Giacomo con sguardo incredulo, ma lui aveva scosso la testa sorridendo amaramente, poi le aveva lanciato un bigliettino con scritto: *È la solita strega. Arriverà anche il suo momento*.

Non si sapeva quando, però. La Strozzi continuava a essere lì, ad ammorbarli con le sue idee retrograde, con un'imbarazzante incapacità a trasmettere la bellezza della letteratura.

Quel giorno la prof avrebbe portato le verifiche corrette. Bea aveva già preso un cinque e mezzo sul tema di *Orgoglio e pregiudizio,* un sei meno su Dante e un sei sull'analisi del futuro delle nuove generazioni.

Prima che la Strozzi entrasse, ripassò a mente il titolo dell'ultimo compito incriminato: "In base alle lezioni svolte finora sullo sviluppo della trama e del romanzo, scegli un libro che hai letto nell'ultimo anno (valgono anche quelli letti a scuola), racconta brevemente la trama e spiega perché il/la protagonista ti abbia colpito, qual è il viaggio che percorre, vero o metaforico, e quale la sua maturazione".

Lei aveva scelto di parlare dell'*Amore ai tempi del colera*. L'aveva riletto da poco, ma continuava a scavarle dentro, facendola riflettere sui tempi giusti dell'amore. Narrava la storia tra Florentino Ariza e Fermina Daza, che si concretizzava solo alla fine, quando i due protagonisti erano ormai vecchi.

Bea sapeva che avrebbe preso un brutto voto, se lo sentiva: aveva messo troppo di sé in quel tema. Si era lasciata trasportare dalle parole, come fosse su una barca che navigava nella corrente delle sue emozioni. In quel caso, quando scriveva in modo così "zen", come lo definiva lei, gli esiti potevano essere solo due: o il tema veniva osannato per l'empatia che trasmetteva (e questo succedeva quando a correggerlo era la precedente insegnante di italiano, la Vitafinzi), o veniva criticato per "eccessiva autoreferenzialità" (cit. Strozzi).

La Strozzi però tardava ad arrivare e Bea si era piazzata sulla porta a fare da palo.

«Allora? *Felipe* arriva sì o no?» chiese Giacomo, che l'aveva raggiunta.

«Pare di no» rispose Bea, allungando il collo. «Tanto so già che sarà un delirio.»

Giacomo le stampò un bacio sulla guancia. «Oh, non credere, carina.»

«Te l'assicuro.»

«Anche se fosse, non sarà il tuo tema a fare scalpore. Te l'assicuro io» continuò Giacomo con una strana luce negli occhi.

«Che vuoi dire?»

«Quello che ho detto» rispose lui, sogghignando. Poi scostò un po' la testa. «Guarda che sta arrivando la Strega di Biancaneve.» E si lanciò dentro l'aula. «Arriva!» urlò, rivolto alla classe.

Gli alunni si posizionarono dietro i loro banchi come soldati dietro i terrapieni.

Bea, protetta dallo stipite della porta, si sporse

per controllare l'incedere della professoressa: sembrava furibonda. I denti, appoggiati sul labbro inferiore, scintillavano in modo sinistro. Camminava con quei suoi passettini svelti, da gnomo, i movimenti impacciati dai cardigan sempre troppo grandi per lei.

Quando la prof raggiunse la distanza di emergenza, Bea si precipitò in aula e con un salto prese posto sulla sedia.

«È livida» sussurrò a Giacomo.

Lui sforzò un sorriso sottile. «Lo so.»

La Strozzi fece il suo ingresso, furiosa.

Bea era certa che ce l'avesse con lei, con il suo tema, con la sua impostazione "sempre troppo originale, Zanardi, di questo passo non solo non prenderai mai una sufficienza con me, ma avrai seri problemi alla maturità, benedetta ragazza": le sembrava già di sentirla con il suo tono acido, le sue "esse" che diventavano "effe" sputacchiate, con i suoi occhietti piccoli da talpa cattiva.

La Strozzi scaraventò il pacco di temi piegati in due sulla cattedra. L'elastico che li teneva assieme esplose all'impatto, generando un silenzio di tomba.

«Se credete di potermi sfidare, non avete proprio capito con chi avete a che fare, ci siamo intesi?» esordì con voce tagliente.

I respiri erano rimasti intrappolati nelle gole.

«Mai, mai, MAI mi era capitato di provare vergogna a leggere un tema!» urlò. «Che poi, definirlo tema...»

Eccoci, pensò Bea. Era bizzarro: quando aveva

scritto il suo testo, lasciando libero sfogo al suo desiderio di comunicare quello che pensava davvero del libro e non quello che la professoressa avrebbe voluto leggere, sapeva che stava rischiando grosso, che c'erano buone possibilità di prendere un brutto voto. Ma ora che il voto era arrivato temeva un po' il momento in cui avrebbe visto il segnaccio rosso sopra il compito.

«E comunque credo che, con i due che ho dato, qualcuno smetterà di fare tanto lo spiritoso» continuò la prof con aria minacciosa.

Due... oddio, mi ha messo due. Bea era sbiancata. Si diede della scema perché se l'era cercata.

«Adesso distribuirò in ordine alfabetico» sibilò la professoressa.

Mmm, devo aspettare fino alla fine... Chiuse gli occhi e sospirò.

Accardo, Alessandri, Bertoni, Barotto, Bianchini: sembrava una litania.

Boldrini, Carloni, Dondi, Guaraldi...

A ogni nome, un compagno sfilava con l'angoscia appiccicata addosso, come la lettera scarlatta.

«Tanto sono io la vergogna, lo so» sussurrò Bea, squadrando i visi atterriti dei suoi compagni.

«Mazzanti!» tuonò la professoressa.

«E andiamo!» sussurrò Giacomo. Poi, mentre si alzava, si voltò verso Bea: «Tranquilla, sono io la vergogna, questa volta. Tu sei salva».

Bea si accorse che gli occhi arroventati della Strozzi stavano incenerendo ogni centimetro che componeva l'essere di Giacomo. Avrebbero voluto cancellarlo dalla classe, dalla scuola, dal Paese, dalla faccia della Terra.

Prese il compito e glielo mostrò, le labbra che le tremavano di rabbia e offesa. «Che cosa volevi dimostrare con questo tema?»

«Che ho letto un libro, prof» rispose lui calmo.

«Libro?! E lo chiami *libro*?! Tu l'hai fatto apposta» farfugliò la Strozzi.

Il tono strafottente e per nulla intimidito di Giacomo la stava spiazzando.

Giacomo prese il suo foglio, dove era inciso un enorme 2, e lesse a voce alta il titolo: «*In base alle lezioni svolte finora sullo sviluppo di una trama e del suo romanzo, scegli uno dei libri che hai letto nell'ultimo anno*. E io ho eseguito alla lettera, prof».

La Strozzi, messa alle strette dalla sconcertante razionalità della risposta, riafferrò il compito di Giacomo e lo agitò in aria, accompagnando i gesti rabbiosi con parole schiumose. «*Coi tacchi alti nei bassifondi* non può considerarsi un libro per una verifica!» ringhiò.

«E perché, scusi? Perché Holly Woodlawn non è una letterata?» rimbeccò Giacomo. «Ma le hanno pubblicato un libro, mi sembra. E lei ha chiesto di parlare di *un libro*.»

I compagni seduti ai banchi, fino a quel momento muti, iniziarono a bisbigliare tra loro.

«*Coi tacchi alti nei bassifondi?* Ma che libro è?»

«Holly chi?!»

«Woodqualcosa, non ho capito.»

«Ma tu l'hai mai sentito?»

«SILENZIO!» urlò la Strozzi sbattendo la mano sulla cattedra.

Le schiene si rimisero sull'attenti, ma qualche risatina rimase a volteggiare nell'aria.

Giacomo si voltò per un istante a guardare i suoi compagni e si soffermò sugli occhi di Bea: quattro pupille che si intrecciarono, finché lui non le fece l'occhiolino. Lei scosse la testa come a dire "Ma che cosa hai combinato?".

«Guardami, Mazzanti!» esclamò la professoressa con tono perentorio.

Lui le diede di nuovo retta, ma questa volta per contrattaccare. «Mi dica in che cosa ho sbagliato.»

La Strozzi aprì la bocca, ma non uscì alcun suono. Forse si stava rendendo conto che la sua posizione era indifendibile sulla carta: Giacomo Mazzanti aveva davvero raccontato un libro, come da lei richiesto.

«È un libro indecente» disse infine a denti stretti.

Giacomo si schiarì la voce e lesse il resto del titolo: «*Racconta in breve la storia e spiega perché ti è piaciuto il/la protagonista, qual è il viaggio che percorre, vero o metaforico, all'interno del libro e quale la sua maturazione*. Bene, qual è l'indecenza, prof? Che è un'autobiografia scritta da un travestito? Che si parla di marchette e pompini? O perché il viaggio compiuto dal... ops *dalla*... protagonista è nella difficile scelta di rimanere o no con un uccello tra le gambe?».

Alla Strozzi, rimasta in piedi per cercare di fronteggiare con il suo metro e cinquanta la figura di Giacomo, cedettero le gambe e si accasciò sulla sedia. Ogni singola volgarità pronunciata da Mazzanti le aveva crivellato il corpo. Ora sembrava un quadro raffigurante San Sebastiano.

Giacomo la guardò avvampare, le mani tremanti che cercavano un fazzoletto nella borsa, un ciuffo di capelli bianchi (che all'improvviso sembravano essere diventati *ancora* più bianchi) sfuggì dalle forcine.

«Holly Woodlawn, pur vivendo nella miseria, è riuscita a rendere eccezionale la sua vita» continuò Giacomo, questa volta senza sfida. «Ha viaggiato, ha fatto mestieri poco edificanti, certo, ma senza recriminarsi troppo. Ha fatto la modella, l'attrice, ha conosciuto artisti pazzeschi come Andy Wharol e la Factory di New York. Il tutto sempre con una brillante dose di ironia che non è mai mancata, neppure nei momenti più bui, quando doveva confrontarsi con una società omofoba. Ecco, io invidio questa sua ironia e spero che il suo spirito accompagni sempre anche me, quando dovrò avere a che fare con persone piccole e ottuse.»

La Strozzi fremette.

Giacomo prese un lungo respiro, cercando di controllare l'emozione che, inevitabile, stava premendo dentro di lui. «Come lei, prof.»

Bea stava piangendo. In silenzio, due piccole tracce bagnate che scendevano per le guance e si raccoglievano in bilico fino alla base del mento.

E poi niente, le partì dalle mani un applauso. Non

era contro la Strozzi, non era per farla sentire un essere ancora più infimo di quello che già era. Era un applauso per Giacomo, per il suo coraggio di vivere se stesso senza veli, orgoglioso di mostrarsi senza maschere.

La Strozzi, ancora stramazzata sulla sedia, con una mano appoggiata sul petto in modo melodrammatico, incenerì pure Bea: gli occhi racchiudevano una promessa di punizione anche per lei.

«Mazzanti» esalò la professoressa. «Va' subito in presidenza. E portati questo ciarpame.»

Gli lanciò il tema sulla cattedra.

«E tu, Zanardi, finiscila» urlò verso Bea, riprendendo vigore e colore. «Sappi che ti avevo dato sei e mezzo, ma se continui ad applaudire ti prendi quattro e fili in presidenza pure tu.»

Giacomo andò dal Preside che però non prese posizioni. Capì il punto di vista della Strozzi ma anche il comportamento di Giacomo. Soprattutto comprese che in quella disputa c'era in ballo qualcosa di più complicato che un atto sovversivo da parte di uno studente e un brutto voto rifilato da un professore.

Pedalava, Bea, pedalava nel freddo di quella mattina di dicembre inoltrato. E piangeva di rabbia, con le lacrime che diventavano piccoli pugnali ghiacciati. C'era un senso di profonda ingiustizia in quello che era successo.

Gente come la Strozzi non meritava il privilegio di insegnare, di formare ragazzi, di aiutarli a sbocciare, di prenderli per mano e accompagnarli per un pezzetto della loro vita.

Piangeva, Bea.

All'uscita da scuola si era precipitata sulla bici con il desiderio di sparire. Almeno per un po'.

Per questo aveva chiamato la madre per avvertirla che non sarebbe tornata a pranzo. «Ho una ricerca da fare: vado in biblioteca» aveva mentito.

Sentiva che doveva fare qualcosa: quello che era successo aveva scatenato un uragano.

Dovevano. Fare. Qualcosa.

Piangeva per tutte queste ragioni e per la fretta di trovare un piano.

E poi piangeva perché non c'era Andrea.

Dio come le mancava!

Lui l'avrebbe abbracciata stretta, le avrebbe accarezzato la testa, appoggiando le sue labbra sui capelli. E le avrebbe detto che l'amava e che lui era lì. Che insieme avrebbero fatto qualsiasi cosa.

Insieme.

Le lacrime le offuscarono la vista e quando passò il guanto sulle palpebre per cercare di assorbirle, era troppo tardi.

Fu un botto tremendo, che la fece sbalzare a terra. Per fortuna era inverno e, così infagottata, non si fece quasi nulla. Solo qualche livido.

«Ma che caz... Sei pazza?!» sentì inveire.

Alzò lo sguardo e finalmente capì: aveva centrato un motorino fermo al semaforo.

«S-scusa... non ti ho visto...» disse, rialzandosi.

Il ragazzo, che per lo spavento aveva lasciato cadere il motorino, cercò di risollevarlo da terra, e solo in quel momento si accorse che il manubrio era storto e che c'era un bel graffio sulla fiancata. «Cazzoooo!» urlò. «E allora va' a quel paese, va'!»

La gente intanto si era radunata attorno a loro.

«Tutto bene? Qualcuno si è fatto male?» chiese una signora.

«No, no» si affrettò a dire Bea. «Almeno io non mi sono fatta niente. E tu?»

Lui alzò la testa di scatto per spostare la cascata di riccioli biondi dal viso. «No, neppure io» disse secco. Poi squadrò Bea, pronto a continuare il bisticcio, e invece si fermò.

«Ma sei tu!» esclamarono all'unisono.

Era Emanuele, il ragazzo della libreria e della serata in discoteca.

«Ti ho cercata un sacco dopo quella sera. Si può sapere che giri frequenti?» chiese lui con un sorriso.

Bea arrossì. «Ah, mi hai cercato?»

«Certo. Non mi credi?»

Erano ancora in mezzo alla strada, con le auto che strombazzavano.

«Vieni, togliamoci da qui» propose lui. Si chinò a prendere il motorino ancora a terra e Bea fece altrettanto con la sua bici.

Si misero a parlare davanti al Caffè del Corso.

«Ebbene? Dove stavi andando così svagata?» chiese Ema.

«In realtà da nessuna parte di preciso.»

«Be', un po' di fretta ce l'avevi: mi hai preso in pieno a velocità supersonica.»

«Scusa...»

«Dai, il motorino si riaggiusta. Tu? Giornata difficile?»

«Non puoi neppure immaginare quanto» rispose.

«Hai impegni, ora?» chiese di slancio Ema.

«Mmm... a dire il vero no. Volevo solo stare sola.»

«Ah be', allora niente.»

«No! Aspetta! Intendevo che volevo stare un po' sola dall'ambiente della scuola... non da te, cioè da tutti» arrossì. «Intendevo che se vuoi, se non hai nulla da fare... cioè...»

Da qualsiasi parte la girasse sembrava che gli dicesse che era interessata.

Lui sorrise sornione. «Dai, andiamo da qualche parte.»

Bea avvampò. Le aveva imprigionato la mano tra la sua e non la mollava. Era un gesto così sfacciato che quasi faceva fatica a reagire: se ne stava impalata, con la mano in ostaggio.

«Idee?» chiese lui.

Cercò di farsi venire in mente qualcosa, ma era difficile riflettere con un contatto di pelle così intimo. Vide l'insegna del bar. «S-se vuoi andiamo... lì a bere qualcosa?»

Lui si voltò. «Al Caffè del Corso? Naaaa. Troppa confusione. Qualcosa di più tranquillo.»

L'attirò ancora di più a sé: era uno scherzo, infatti si mise a ridere, ma intanto Bea si ritrovò a pochi centimetri da lui. Poi si ricordò di quel pomeriggio in cui l'aveva incontrato davanti alla libreria. «Trovato! Potremmo andare alla libreria di Iris! Ci facciamo una tisana e intanto spulciamo i libri» esclamò lei.

«Cosa? E chi è Iris?»

«Di nuovo! Ogni volta chiedi chi sia Iris! La libraia del *Mondo di Bea*. Non ricordi? È lì che ci siamo visti la prima volta.»

Lui si illuminò. «Ah, sì! È vero. La libreria...»

«Che c'è? Non ti va?»

«Sì, cioè... insomma. Ci vado così spesso che ora non ho molta voglia di tornarci. Avrei voluto qualcosa di diverso.»

Tirò fuori dalla tasca il pacchetto delle sigarette e se ne accese una. «Pensavo a qualche altro posto per stare insieme» soffiò in alto una nuvola di fumo poi inclinò la testa e sorrise. «Dai...»

In quel momento gli squillò il cellulare e, quando rispose, Bea capì che si trattava di qualche suo amico.

«Sì... ciao! Cosa?... ah, ok (risata)... ho capito, va bene, ci vediamo all'angolo di via Palestro... sono senza motorino, però... eh, lo so. Ok, ciao» chiuse la telefonata e guardò Bea. «Niente, era destino: devo andare.»

«Ah» mormorò lei, un po' delusa.

Forse lui se ne accorse, o forse no. Fatto sta che la salutò dicendole: «Ti va di darmi il tuo numero di telefono? Così almeno non trascorrerò i prossimi giorni a impazzire per cercare di ritrovarti. O sperare di essere investito a un semaforo».

Bea scoppiò a ridere.

—

Anche se l'appuntamento con Ema era sfumato, Bea decise di andare a trovare Iris ugualmente. Quella libreria, per lei, era come un nido fatto di pagine e inchiostri. E ora aveva bisogno di sentirsi accolta e protetta.

Mentre pedalava chiamò Giacomo per sapere come stava. Era tranquillo, ma non aveva ancora riacquistato il suo caustico senso dell'umorismo.

«E tu dove te ne sei scappata?» chiese lui.

«In centro» rispose. «Sto andando in libreria. Vuoi venire?»

«No tesoro, sono distrutto. È stata una giornata un po' pesantina.»

«Già. Proprio per questo avevo bisogno di uscire.»

Pausa.

«Jack?»

«Eh.»

«Volevo dirti una cosa...»

«Dimmi, tesoro.»

Pausa.

«Penso che tu sia la persona più coraggiosa che conosca. Davvero. Hai più palle tu di tanti altri ragazzi messi assieme, solo che tu... vorresti liberartene!»

Scoppiarono a ridere, tanto che non riuscivano a fermarsi. Bea dovette accostare, altrimenti sarebbe andata a sbattere di nuovo contro qualcosa o qualcuno.

«Oddio... mi fai morire...» rise Giacomo, senza fiato.

Continuarono così ancora per un po' e proprio

nel momento in cui riuscirono finalmente a darsi un contegno, uno dei due fece la classica pernacchia col naso ed esplosero di nuovo. Erano stati molto tristi, ore prima, e ora sfogavano la rabbia repressa.

La risata era il loro manifesto chiassoso contro l'ignoranza della Strozzi: "non riuscirai a farci stare zitti, non ci impedirai di essere noi stessi".

Quando si calmarono, si salutarono con un "ti voglio bene".

Poi Bea pedalò fino a *Il mondo di Bea*, ripensando ancora all'incontro con Emanuele, a quel gesto così intimo con cui aveva intrappolato la sua mano. Sentì una stretta allo stomaco e un senso di colpa strizzarle la gola. Fu immediato pensare ad Andrea, ma fu altrettanto immediato pensare con una nota d'amarezza: *Non siamo più insieme, non gli devo niente, come lui non deve niente a me*. Peccato che quando aveva saputo che lui andava ad arrampicare con Camilla (a proposito: e Federico, il fidanzato di Camilla, che cosa diceva di questa amicizia?) si era sentita morire.

Legò la bici al solito palo e si voltò verso la vetrina della libreria. Con quelle lucine a illuminare l'insegna, l'alberello di Natale vicino alla porta d'ingresso, con i pacchettini di libri in miniatura al posto delle palline, le lanterne con le candeline ai due lati del muro sembrava una tana di folletti.

Il tintinnio del campanello annunciò il suo arrivo.

Dalla porta in fondo, quella che dava sul retrobottega, fece capolino Iris, che non appena vide Bea si illuminò. «Ehi, ciao! Era da un po' che non passavi di qui!»

«È stato un periodo leggermente incasinato. Anche oggi ne sono successe di tutti i colori.»

«Ah sì?» chiese Iris. «Tipo?»

«Lascia stare. "Storie di Ordinaria Intolleranza". Anzi, *Stra-ordinaria*.»

«La tua prof?»

«Lei.»

«Brutti voti?»

«Brutte uscite, semmai. Sta tirando fuori una squisitissima dose di omofobia nei confronti del mio amico Giacomo. Oggi abbiamo toccato il fondo» spiegò Bea, scuotendo la testa.

Iris spalancò gli occhi. «Rimango sempre esterrefatta a sentire storie di intolleranza al giorno d'oggi. Ma se riguardano un professore è ancora più grave.»

«Eh. Brava. Oggi ci mancava solo che lo chiamasse "Giacomo, il frocio"...» Bea si bloccò e si voltò, sentendosi tirare il giubbotto da dietro. Non vedendo nessuno, abbassò lo sguardo: una bambina di circa sei anni la guardava con grandi occhi nocciola.

«Ops...»

Forse si era fermata appena in tempo...

«Che cosa vuol dire "frocio"?» chiese la bambina, lo sguardo fisso su Bea.

O forse no.

Bea e Iris si scambiarono un'occhiata un po' imbarazzata, poi Iris la prese in braccio e le diede un bacio sulla guancia. «Eccolo qui, il mio gnometto. Bea, ti presento... Bea!»

Bea sorrise entusiasta. «Ah! Tua nipote!»

Anche la Bea in miniatura fece un gran sorriso, mostrando due fossette da primo premio. «Sono io! Ma perché tu hai deciso di chiamarti come me?»

Iris e Bea scoppiarono a ridere. «In realtà tu non hai il primato» le spiegò Iris. «Hai idea di quante Beatrice ci siano al mondo?»

La piccola non parve molto convinta. «Be', sono tutte delle copione.»

«Sai che ti dico? Hai ragione» disse Bea. «Quindi te lo chiedo per favore: posso usare anch'io il tuo nome?»

Il segreto, con i bambini, è investirli di importanza e potere. Beatrice sfoderò il suo sorriso più bello e annuì decisa. «Ma certo!»

Iris intervenne. «Beatrice, la mia nipotina, è venuta qui perché a scuola c'era sciopero, così abbiamo pensato di stare un po' insieme.»

«Che fortunata ad avere una zia così!» esclamò Bea.

La bimba annuì soddisfatta. «Vuoi vedere i libri che abbiamo letto di là?» E senza attendere risposta, la prese per mano e la trascinò nel retrobottega. Iris le seguì.

Entrarono in una stanzina talmente piccola che sembrava un sottoscala, ma c'era tutto: un piccolo tavolino ad altezza bimbo, due sedioline di plastica, pennarelli, fogli bianchi e fogli già colorati, pile e pile di libri per bambini, alcuni chiusi, in attesa di essere letti, e alcuni aperti. Sempre sul tavolino c'era una grossa scatola di latta piena di biscotti al cioccolato e due tazze di tè.

«Caspita, non vi fate mancare proprio nulla» rise Bea. «Quasi quasi mi trasferisco qui con voi.»

«Bello! Quando?»

Iris rise. «Intendeva che magari qualche volta potrebbe venire qui a giocare con noi.»

«E magari potrebbe raccontarmi qualche storia» propose la piccola. «La zia è molto brava a inventare storie, lo sai?»

«Eh lo so, me l'ha detto.»

«Su, Iris, ora facci un bel disegno, ti va?»

«Potrei disegnare l'altra Bea.»

«Ne sarei felicissima. Grazie, piccolina.»

E mentre Beatrice si metteva all'opera, Bea e Iris tornarono in libreria. Bea iniziò a curiosare tra gli scaffali.

«Consigliami qualcosa, Iris» disse a un certo punto. «Lo sai che di te mi fido.»

«Mmm, vediamo... quale genere hai voglia di leggere? Giallo, fantasy, horror...»

Bea, prendendo un libro a caso, lo aprì con noncuranza e rispose con tono evasivo. «Magari... Storie d'amore un po'...» e si schiarì la voce «spinte.»

«Oddio, vuoi un... *erotico*?!» esclamò Iris, ridendo.

Bea trasalì. «Sssh! MA NO!» urlò.

Come al solito, la sua faccia era diventata chiazzata di viola. *Dio, che nervoso*, pensò. Chissà quando avrebbe perso l'abitudine di tradurre ogni suo stato d'animo in repentini rossori.

«Non intendevo quello... No...» continuò imbarazzata.

«Tranquilla, ho capito. Non ti darò di certo *Cinquanta sfumature di grigio*.»

«Eh. Appunto. Non roba così.»

«Vuoi qualcosa che parli d'amore e...»

Pausa. Le due si guardarono complici, dal basso verso l'alto.

«Sesso...» continuò Iris, abbassando la voce. «Ma con grazia, senza indugiare su particolari morbosi.»

Bea rise nervosa. «Ecco, sì. Tipo.»

«Capito. Vieni con me.»

Iris prese Bea per mano e la trascinò davanti a una mensola, vicino al registratore di cassa.

«Sbizzarrisciti» disse, indicando la fila di libri.

Le pupille di Bea saltavano da una parte all'altra come impazzite, incapaci di stare ferme. Occhi che vorticavano su ogni titolo, su ogni dorso di libro e scrutavano impazienti.

«Aiutami anche tu» disse Bea.

«Che cosa cerchi di preciso?»

Bea continuava a fissare i titoli finché le venne in mente il suo preferito e cercò di spiegare che cosa l'avesse emozionata. «Hai presente *L'amore ai tempi del colera?*»

«Certo. Una storia meravigliosa.»

«Infatti. Lì i due protagonisti aspettano anni e anni prima di coronare il loro sogno e quindi prima di...»

«...Consumare il loro amore. Sì.»

«Ecco, consumare. Fare l'amore, insomma. Quella per me è l'apoteosi della storia d'amore, quella più alta in assoluto.»

«Sì, ma è un romanzo» disse, facendole l'occhiolino.

Bea strinse le labbra. «Lo so.»

«A Marquez interessava tutto quello che devono sopportare i due protagonisti prima di unirsi davvero, quanto fosse forte il loro amore per superare ostacoli, separazioni, matrimoni infelici. Era quella la storia che voleva raccontare.» Iris si mise a sbirciare tra i libri della mensola. «Mentre c'è stato qualcun altro... eccolo qui» disse, mostrando la copertina. Era *Un amore senza fine*, di Scott Spencer.

«Non hanno fatto pure il film?» chiese Bea.

Iris storse il naso. «Mmm, sì, con Brooke Shields. Ma se ne poteva anche fare a meno.»

Bea rimase colpita dalla conoscenza cinematografica di Iris: avrebbe potuto competere con quella di Giacomo.

«Il libro invece è un vero manifesto sull'amore, sulla passione, sull'intimità tra due ragazzi» continuò Iris. «La loro storia assoluta e disperata sembra gridare che l'amore e il sesso sono le vere energie del mondo.»

Bea prese in mano il libro.

«Scott Spencer ha voluto raccontare una storia del tutto diversa da quella di Marquez: qui l'amore è vissuto a pieni giri fin da subito, senza tabù, con naturalezza, ed è una fiamma che alimenta i due amanti fino a consumarli» disse Iris.

Bea lo appoggiò sul tavolo e lo mise da parte.

Iris prese un altro libro. «Questo invece fa parte di una serie molto carina ambientata in un futuro distopico. La protagonista si fa molte domande su quale sia il suo ruolo nel mondo.»

«Ah, *Divergent*. Anche di questo hanno fatto il film, vero?»

«Sì. Questo lo devi leggere as-so-lu-ta-men-te anche per il fatto che la protagonista femminile si chiama come te: Beatrice!»

Bea sorrise. «Ma dai!» Prese il libro e mise da parte pure quello. «Confesso che l'avevo snobbato un po', ma se me lo consigli tu.»

«A me piace molto la metafora delle fazioni della società, che poi rappresentano la ricerca del proprio posto nel mondo.»

«E... di amore ce n'è?»

Iris annuì. «Hai voglia! Beatrice, che viene ribattezzata Tris, incontra Tobias...» Poi guardò i due libri messi da parte sul tavolo. «Be', che ne dici? Possono bastare?»

Bea annuì. «Direi che ho trovato quel che cercavo. Grazie, Iris.»

«Di niente» rispose. E li passò sul lettore del codice a barre. «Poi, mi raccomando, devi pubblicare la foto su *Mitubùk*!»

Bea aggrottò la fronte. «Mitu-ché?!»

Iris rimase con il libro sospeso in aria. «Come, non ti sei ancora registrata sulla mia app?»

«Non so nulla. Hai fatto un'app?!»

«Io la so usare! Io la so usare!» cantilenò Beatrice, mentre arrivava saltellando. In mano sventolava il suo disegno finito. «Zia, posso farle vedere? Ti preeego.»

«Ma sì, certo. Così facciamo un account anche a Bea.»

Bea non ci stava capendo più niente. «Ma di che cosa si tratta?»

«Un'app: *Mitubùk*, ovvero *Me Too Book*. L'ha creata il mio ragazzo e sta già spopolando. Ovviamente di che cosa parlerà, secondo te?!» chiese Iris con aria furbetta.

«Mmm, fammi pensare... È difficile, eh» finse Bea. «Tipo... che so... libri?!»

«Brava!» esultò la piccola.

«È un'app tipo *Instagram*, solo che si possono postare solo foto di libri nel momento in cui li stai leggendo, o comunque quando li hai con te. Sotto la foto devi mettere un commento, che può essere una frase del libro o qualcosa che ti ha ispirato. Hai un numero di caratteri a disposizione, un po' come *Twitter*.

«Wow!» esclamò Bea. «Troppo carina 'sta cosa. Semplice, ma geniale.»

«L'app è già stata scaricata da un sacco di persone, si è sparsa la voce, soprattutto attraverso piccole librerie indipendenti come la mia. Mi piace l'idea di creare questa piccola comunità di lettori a colpi di foto.»

«Ti faccio vedere il mio profilo?» propose la nipotina.

«Ma hai già un profilo tuo?!» chiese Bea sorpresa.

Iris intervenne. «In realtà glielo gestisco io, oppure sua madre. Lei carica solo le foto e, con il nostro aiuto, scrive la frase. Questa peste è molto tecnologica, lo sapevi?»

Iris prese di nuovo in braccio Beatrice e le stampò un bacio, ma la piccola si divincolò, ansiosa di spiegare come funzionava. Afferrò il cellulare della zia e iniziò a sfogliare col dito. «Ecco, questo è il mio profilo e queste sono le mie foto. Guarda.»

Bea osservò incuriosita: c'era una bacheca piena di immagini ambientate nei posti più disparati come un parco, una libreria del centro, un bar, un salotto con un televisore e i cartoni animati che scorrevano, un letto con un gatto sopra, un branco di peluche, una spiaggia e il mare davanti, una panca di legno con sopra una mela rosicchiata... E in tutte c'era sempre un libro che spuntava, aperto, oppure chiuso, con un'illustrazione in primo piano, capovolto, a testa in giù, o ancora tenuto da una piccola mano. E poi i commenti, quelli sì che facevano impazzire: *Storia superbellissima*! *Vorrei essere anch'io come Supercoccinella, leggetelo! Alla fine un po' ho pianto. Mentre leggevo i granelli di sabbia si sono infilati tra le pagine. Il parco è il posto più bello per ascoltare questa storia letta dalla zia. Attenzione: questo libro ti fa venire fame di dolciiiii!*

Bea sorrise a ogni commento, ma rimase folgorata dalla genialità dell'applicazione, che univa la passione della lettura al social. Aveva già in mente le foto che avrebbe pubblicato.

«È magnifica, Iris» disse Bea. «E tu, piccola Bea, sei bravissima a scattare foto.»

La bimba fece un sorrisone soddisfatto. «Sono brava io con la *tennologia*.»

«Tecnologia» la corresse Iris, ridendo.

«Allora, mi aiuti ad aprire il mio profilo?» chiese Bea, mettendole in mano il suo cellulare. Doveva sembrare una richiesta divertente, ma in realtà si concretizzò in un paio di veloci tocchi da parte della piccola.

«Fatto!» disse alla fine, con aria soddisfatta.

Bea si voltò a guardare Iris con tanto d'occhi. «Ma è una hacker?!»

Rise. «Che vuoi farci? 'Sta generazione ha una marcia in più. Pensa che il mio fidanzato ha chiesto la sua opinione prima di lanciare la app. E ho detto tutto.»

Bea riguardò il profilo che le aveva creato la piccola: prima di tutto doveva trovare il suo nickname. All'improvviso le venne in mente il gioco con Andrea: si era chiamata Bella, come la protagonista di *Twilight*.

«Che nome metti?» chiese la piccola. «Io sono IMDB, che sta per *Il mondo di Bea*, come questa libreria, che poi è dedicata a me» concluse orgogliosa.

«Mmm... aiutatemi anche voi...»

E dopo una lunga discussione, si decise ancora per Bella. «Come *La Bella e la Bestia*» disse la piccola Beatrice.

Mentre erano sulla porta a salutarsi, Bea chiese: «Iris, per caso... conosci un ragazzo che frequenta spesso la libreria? È alto, belloccio, capelli ricci e biondi».

«Carino?»

«Boh... un po', cioè, sì.» *VUUUUM!*, sangue al viso.

«Non mi viene in mente, ora. Ma con tutta la gente che passa di qui...»

Bea sorrise. «Certo, che sciocca.»

Si voltò per andarsene, ma Iris aggiunse: «Comunque, se è passato di qui, di sicuro gli avrò parlato della app».

E lanciò a Bea un'occhiata furbetta.

Lei ricambiò con una risatina e se ne andò.

Uscì dalla vasca da bagno avvolta da una nebbia di vapori.

Si lasciò abbracciare dall'accappatoio e spense le candele. Passò una mano sullo specchio appannato e finalmente comparve il suo viso. «Questa serata è tutta MIA» sussurrò felice alla sua immagine.

I suoi genitori erano usciti per cena. Aveva la casa a disposizione, silenziosa, con la musica che voleva lei. E due nuovi libri da divorare.

La sua serata ideale.

«Ma chi m'ammazza, a me?» parlò di nuovo alla sua immagine. E scoppiò a ridere.

Si passò il balsamo sui lunghi capelli castani e prese a pettinarli con lentezza. L'accappatoio emanava a ogni movimento un profumo di ammorbidente alla lavanda, la passione di Eleonora. Era piacevole, quasi inebriante.

Si avvolse la testa con un asciugamano e andò in camera. Lenta, molleggiando sulle ciabatte di spugna.

Era accesa solo la luce del comodino e qualche candela.

Voleva stare con le sue storie. A volte non c'è bisogno di parlare molto, di dare voce ai pensieri, soprattutto quando sono ancora sfilacciati e vagano a ruota libera. Stava vivendo un periodo confuso, forse più di altri e, per assecondare al meglio questo stato d'animo, aveva capito che ogni tanto serviva stare sola.

Come quella sera.

La sua serata ideale.

Bea si infilò un paio di calzettoni di cachemire e si distese sul letto con l'accappatoio. Guardò i libri comprati nel pomeriggio. Da quale iniziare?

Accese lo stereo per farsi ispirare dalla musica. Vasco poteva andare bene. *Toffee.*

Lesse le due quarte di copertina e alla fine scelse *Un amore senza fine*. Lo appoggiò sul letto, si sfilò l'asciugamano dalla testa e rimase distesa con i capelli umidi.

Il contatto del cuscino la fece rabbrividire. Arricciò i piedi in un gesto istintivo e indolente al tempo stesso, poi rannicchiò le gambe.

Si lasciò cullare dalle note di Vasco, pervasa da una sensazione di abbandono.

Ogni resistenza, ogni tensione della giornata si sciolsero a partire dalle gambe, dalla pancia, poi su verso le spalle, fino a raggiungere braccia e collo. I vaneggiamenti della Strozzi, le lacrime di Giacomo, l'incidente con Emanuele, il ricordo di Andrea che si intrometteva in ogni momento: ora tutto sembrava lontano, come se appartenesse a un'altra persona.

Afferrò il cellulare e aprì l'app *Mitubùk*. Poi prese il libro e scattò la foto di sbieco, sul letto. Scrisse il suo commento.

Start reading Endless Love

E fece il suo primo post sul profilo di Bella, cioè lei.

Anima fragile.

Ascoltò le parole *Ehi tu, chissà dove sei...* Sentì un nodo in gola e cercò di ascoltare solo la melodia.

Mica facile però quando il testo era in italiano: si insinuava a forza nelle orecchie.

PLIN.

La sua foto aveva appena ricevuto un like. Poi un altro. Poi un altro ancora. Qualche minuto, ed era già arrivata a quindici. Spulciò i profili di chi aveva apprezzato: tutti nickname anonimi come il suo. Incredibile! In quella comunità di amanti dei libri c'era un orgoglioso senso di appartenenza, un ponte di pagine e parole che legava identità diverse.

PLIN.

E.B: Gran bel libro. Ti invidio, perché puoi goderti la magia della prima lettura.

Carino come messaggio, pensò Bea. Incuriosita, lesse il nome del mittente. Era un nome strano, E.B., che non le diceva nulla.

Spulciò il suo profilo: c'erano foto di libri in tanti luoghi diversi. Su una foto poi c'era il particolare di una mano ed era chiaro che fosse una mano maschile e giovane. Spuntava anche un pezzo di jeans e un calzino.

Rewind. La voce graffiata di Vasco era vivace e incalzante. Bea scorse un particolare della sua città in una delle foto postate da questo E.B. Tirò la foto con pollice e indice: non c'erano dubbi, quella era via Voltapaletto!

Sentì che la testa iniziava a prendere il volo, a fare supposizioni, a comportarsi come allora, come un anno fa, quando aveva ricevuto il primo messaggio di Andrea/Edward. Chiuse l'applicazione e ripose il cellulare. Non voleva pensarci più.

Ma ci pensò ancora.

All'improvviso si ritrovò in Corsica, nella notte in cui aveva deciso che Andrea non era la persona giusta per lei, la notte in cui aveva deciso che i suoi gesti erano ruvidi e sbagliati, che lui voleva convincerla a fare l'amore e che lei doveva per forza resistergli. Non era stato l'approccio giusto, no!

«Bastaaaa!» urlò.

Oddio, e se mi fossi sbagliata? E se fossi stata così preoccupata all'idea di fare sesso con Andrea da creare io atteggiamenti e situazioni?

Si sentì le guance in fiamme, non capendo se si trattava ancora della reazione della pelle all'acqua calda o di un'emozione che all'improvviso stava esplodendo.

Forse era stata la sfrontatezza di Ema a risvegliarle quei pensieri, chissà. Ema. Ema e la sua sfacciataggine. Lui sì che aveva modi diretti.

Albachiara. Quante volte aveva ascoltato quella canzone e quante volte si era sentita così simile a quella ragazza, così unica.

Non era forse lei? Lei che non riusciva a filtrare nessuna emozione e la faccia era un libro aperto?

Il suo carattere la faceva diventare così trasparente e fragile, anche se sembrava forte. Ma gli occhi sinceri e il rossore sul viso la tradivano il più delle volte.

Bea si sentiva strana, molto strana.

Ma era uno strano bello, potente.

Era come se fosse in contatto con una parte selvaggia di sé, qualcosa che aveva a che fare con la pancia, con l'energia, con la terra, con il fuoco, con il mare in tempesta, con il vento che sferzava la pelle. Si sentiva in contatto con la sua sé più vera e nascosta, quella più creativa, e in quel momento aveva la certezza che, se avesse voluto, avrebbe potuto fare qualsiasi cosa.

Era un senso di libertà assoluta. Una sorta di esaltazione controllata, un amore incondizionato per se stessa, per quello che era e per quello che poteva fare.

Non c'era più Andrea, non c'era ancora Emanuele. Ma c'era lei, Bea, la persona cui voleva più bene in quel momento.

Si accoccolò meglio sul cuscino e il respiro piano piano aumentò di frequenza, agitato.

L'accappatoio, aprendosi un po', lasciò passare l'aria fresca della stanza.

E la sua pelle fremette.

Bea racchiuse quella sensazione nella mano che, lenta, iniziò ad accarezzarsi. E a quel contatto si abbandonò alla ricerca del piacere.

TERZA PARTE

(...) E ci incontreremo
oltre le differenze
invincibili, sabbie,
rocce, anni, ormai soli,
nuotatori celesti,
naufraghi dei cieli.
Pedro Salinas

Bea si svegliò lentamente. C'era quiete in casa.

Si lasciò cullare dalla piacevole sensazione di avere dormito almeno nove ore senza fare i conti con sveglie che suonavano e vestizioni lampo prima di esplodere fuori casa.

Erano iniziate le feste di Natale.

Allungò gambe e braccia per stiracchiarsi, poi tornò subito sotto l'effetto serra del piumone. Mosse il piedino sul lenzuolo per ninnarsi ancora un po'.

Che fare di quella giornata?

Aveva accolto con sollievo la pausa dalla scuola e da tutti i suoi guai. Non le sembrava vero di avere un po' di tempo per staccare dalla routine degli impegni tutti uguali: scuola, studio, pallamano, serata con amici (quando si poteva), scuola, studio, pallamano, serata di studio.

Soprattutto aveva a disposizione una ventina di giorni per depurarsi dall'ingombrante presenza della Strozzi. La Strega. Ormai non la chiamava neppure più Felipe.

E ogni volta che la nominava le veniva in mente

l'immagine della strega di Biancaneve. Attenzione, però: non quella "moderna" che, seppur cattiva, era uno schianto. Eh, no. La regina nella versione "classica", ovvero vecchia arpia con le occhiaie, il naso adunco e il neo bitorzoluto coi peli.

Prese il cellulare per controllare se ci fossero messaggi in chat: niente. C'era però una notifica sulla bacheca di *Mitubùk*. Aprì l'app e comparve un messaggio privato di E.B., quello che aveva messo like sulla sua foto di *Un amore senza fine*.

E.B: Allora? Ti sta piacendo il libro? A me aveva fatto impazzire, ma non posso dire altrettanto del film.

Bea sorrise. *Che carino*, pensò. *Pure arguto*.

Decise di rispondergli.

Bella: Mi sta piacendo da morire, ma sto facendo di tutto per centellinare le pagine, altrimenti finisce troppo presto.

Dopo un minuto rispose anche lui con una faccina sorridente.

Gentile e discreto, come piaceva a lei.

Bea si accorse che la bacheca di E.B. conteneva due nuovi post.

Bighellonando per la mia città. Lettura preferita a Natale: A Christmas Carol, di Charles Dickens.

Bea riconobbe l'inconfondibile albero di vetro. Era davvero incuriosita da questo E.B. che si prendeva la briga di andare in giro per la città con un libro sempre appresso. Era una trovata molto curiosa, ma simpatica.

Passò alla seconda foto.

DAI ROMANZI SI IMPARANO LE COSE PIÙ IMPORTANTI... READING LA FAMIGLIA WINSHAW, *BY JONATHAN COE IN MY BEST PLACE: ESTENSE CASTLE.*

Mmm... *La famiglia Winshaw*... lesse. Si annotò subito il titolo. Non sapeva perché, ma quei consigli di lettura le ispiravano fiducia, oltre che interesse.

Le piaceva questo E.B. Le piaceva la sua sensibilità, così digitò un messaggio privato.

Bella: Non conosco Jonathan Coe... Merita?

E.B: Di più. L'ho scoperto da poco, ma questo è già il secondo libro che leggo. Il primo, "La casa del sonno", mi ha fatto letteralmente sbarellare.

Bea si annotò anche quel titolo.

E.B: Sono fatto così. Quando mi innamoro di un autore poi non lo mollo più. E Coe fa parte di quella cerchia di scrittori che sapranno sempre sorprendermi. Un po' come Peter Cameron.

PLUF! Un tuffo al cuore. Aveva citato il suo autore preferito.

Qualche secondo dopo, eccolo di nuovo con un messaggio.

E.B: Ora devo andare.

Bella: Ok...

Le sue parole l'avevano colpita. Stava per chiudere l'app quando arrivò un ultimo messaggio.

E.B: Ti ritrovo stasera?

Bea rispose veloce.

Bella: Certo.

E.B: E allora continueremo con il nostro piccolo circolo letterario privato 😊

Bea chiuse l'app, accorgendosi di essere impaziente per quell'appuntamento virtuale.

Si stiracchiò. Aveva intenzione di godersela, di continuare sul trespolo di leggerezza su cui si era appollaiata già da un po'. E quando si parlava di leggerezza c'era una sola persona da chiamare: Ciutz. Fece trascorrere la mattina e poi, subito dopo pranzo, telefonò.

«Usciamo?» chiese Bea. «Dai, ho voglia di vederti.»

«Mmm, non so... in teoria oggi dovrei vedermi con Alex» rispose l'altra.

«Ma daaaai. E io non conto? È da un trilione di giorni che non ci vediamo» continuò Bea con voce lamentosa.

«Ci vuole ben altro per convincermi. Sforzati, su.»

«E se ti dicessi che ho un po' di novità da raccontarti?»

«Mmm... di solito sono dei pacchi, le tue novità. Sembra sempre che tu debba raccontarmi chissà cosa e poi si rivelano delle cazzatine.»

A quel punto, Bea giocò sporco. «E se ti dicessi che vorrei comprarmi un paio di scarpe col tacco e vorrei il tuo consiglio?»

Silenzio.

«Ok, dammi dieci minuti.»

Che poi di minuti ce ne vollero quarantacinque, ma con Ciutz andava sempre a finire così.

Era buio e la nebbia aveva deciso che quella sera avrebbe comandato lei. Bea arrivò per prima davanti al Duomo. Appoggiò la bici e salì in groppa a uno dei leoni di marmo che sorvegliavano l'entrata. Era una posizione privilegiata, quella. Da lì poteva vedere il Volto del Cavallo, poco oltre la giostra antica, quella con i cavallini di legno che andavano su e giù, poi tutte le luminarie di via Garibaldi. Nell'aria aleggiava il profumo di mandorle caramellate e di vin brulé. Sulla sinistra c'era la Torre dell'Orologio e, soprattutto, il nuovo albero di Natale addobbato con i vetri di Murano, che aveva generato tante chiacchiere tra i cittadini: c'era chi appoggiava la scelta e chi la aborriva. A Bea non piaceva molto quell'albero. O meglio, secondo lei non c'entrava nulla con quella piazza antica e tradizionale.

E.B. si è scattato una foto proprio lì accanto, pensò. *Chissà se ora...*

Si guardò attorno passando in rassegna facce su facce, ma poco dopo si sentì una cretina. A un certo punto vide spuntare dall'aria color orzata una sagoma rossa. Era Ciutz in bicicletta con il suo cappottino color vermiglio.

Bea sorrise: la sua amica era l'unico esemplare umano, a parte Jennifer Lopez, che riusciva a pedalare con il tacco dodici.

La raggiunse. «Andiamo ora a prendere le tue fighissime scarpe o prima ci scofaniamo una cioccolata più calda della lava?» chiese ai limiti dell'ipotermia. Ma non aspettò nemmeno la risposta. «Cioccolata. Ora. Subito. Voglio arroventarmi la gola.»

«Bida?»

«Bida.»

La pasticceria Bida era famosa come uno dei posti più difficili in cui trovare da sedere, ma la scomodità della sistemazione era ripagata dall'estasi provocata dalla sua cioccolata in tazza.

«Due cioccolate big size con panna montata» ordinò Ciutz al banco. Poi ci ripensò. «E uno spruzzo di cacao. E un po' di granella di nocciole. E...»

«E direi che può bastare» disse Bea, trascinando l'amica al tavolino.

«Uff, non mi fai mai esprimere, tu» brontolò Ciutz. «Ti perdono solo perché mi hai chiamato per fare acquisti. Da quanto tempo non succedeva? Proprio tu, la Regina Refrattaria allo Shopping.»

Bea fece tanto d'occhi. «Scusa, ho sentito bene? Hai detto "refrattaria"?!»

«Embé?»

«No, dico, altroché cioccolata big size... Qui mi ci vuole minimo un whisky. Che ti succede, Ciutz? Hai letto il vocabolario sul bignami?»

«C-r-e-t-i-n-a.»

«Davvero, mi hai sorpreso. *Refrattario*... Wow!»

Arrivarono le cioccolate fumanti, con una montagna di panna montata che fuoriusciva dalle tazze.

«Che vuoi farci» rispose Ciutz. «Ci sto dando dentro con la lettura.»

Bea, che aveva già preso una cucchiaiata gigantesca di panna e se la stava ficcando in bocca, si bloccò.

«Tu che cosa?!»

«Pulisciti» rise Ciutz porgendole un tovagliolino.

«Ripeti quello che hai detto» disse Bea.

«Ebbene sì. Leggo. Ho abbattuto la mia... refrattarietà!» scoppiò a ridere. «Come vedi quando mi incaponisco su un termine poi non lo mollo più. Ci devo ancora lavorare.»

«*Incaponisco*... Oddio, sì, stai proprio leggendo!»

«E ti dirò di più: mi piace un sacco. Ma non raccontarlo troppo in giro: ci tengo alla mia fama di ragazza carina e un po' superficiale.»

«Non lo sei mai stata, Ciutz. Ci abbiamo giocato su, tu e io» disse Bea seria. E all'improvviso si rese conto che forse qualche volta Ciutz poteva esserci rimasta male. In fin dei conti anche quello è affibbiare un'etichetta a qualcuno, proprio come faceva la Strozzi.

«Anzi, tu per me sei molto arguta. Molto più di me, per esempio.»

Ciutz la fissò sorridendo. «Ehi, guarda che non l'ho mica detto per rimproverarti. Lo sai che gioco anch'io.»

Bea sorrise. «Ok. Però fammelo notare se mai dovessi esagerare.»

«Tranquilla, preferisco passare ai fatti» rispose. Prese una cucchiaiata di panna e abbassò la punta del cucchiaio con il dito, facendo finta di catapultarlo verso Bea.

Bea scoppiò a ridere.

«Allora, dimmi che ti capita in questo periodo.»

«No, dimmi prima tu che cosa stai leggendo, e poi ti racconto.»

Ciutz scrollò le spalle. «È iniziato tutto con *Colpa delle stelle*, il libro che mi hai regalato tu. Ricordi? Be', alla fine di quella storia ho pianto come se non ci fosse un domani. Devastata! L'amore più struggente che avessi mai visto. E da lì niente, mi è partito l'embolo per le storie romantiche. Potrei smentirmi? Adesso mi sono intrippata sulla saga di *Twilight*.»

«Brava! Sono sicura che l'adorerai. Sai che anch'io ho preso un libro... impegnativo?»

Ciutz spalancò gli occhi. «Sesso?»

Bea sghignazzò. «Eh...»

«Graaaande!» rispose entusiasta l'amica. «Devi passarmelo, poi. Ma quindi questo vuol dire che ti sei ammorbidita sulle tue idee da Santa Maria Goretti?»

Bea si indispettì. «Non erano idee da Santa Maria Goretti. Era... era più un atteggiamento mentale.»

«Un atteggiamento che però ti ha fatto perdere un grande amore.»

«Non è stato quello a farmelo... Oh, lasciamo stare.» Sbuffò.

«E comunque quell'amore di cui parli, in questo momento, è tornato a civettare con l'Odiosa Camilla» proseguì.

«NOOOOOO! Dimmi che stai scherzando. Con *quella* no!»

«E invece sì, lei. Miss Chihuahua.»

La possibilità che lei e Andrea avessero ancora qualcosa da spartire le faceva montare un geiser di volgarità.

«Forse Andrea le è stato vicino dopo che le è morto il padre» ipotizzò Carlotta.

«Che cosa?! È morto suo padre?!»

«Non lo sapevi? Circa un mese fa.»

«Oddio, no...»

Mescolò la cioccolata, e intanto l'assalirono i sensi di colpa: non avrebbe voluto parlare male di lei dopo quello che aveva saputo. *Sensi di colpa un corno,* pensò poi. *Umanamente le posso pure essere vicino, ciò non toglie che sia sempre stata una stronza con me.*

«Ma *lui* lo senti ancora?» chiese Ciutz.

Bea arrossì. «Intendi Andrea?»

«Certo che intendo Andrea» urlò Ciutz, spazientita.

«Oh, chiedevo solo... Sì, lo sento. Ma sono messaggi stitici.»

«Stitici.»
«Già.»
«Parola mia, Bea, per quanto io possa leggere l'Opera Omnia della Letteratura Intergalattica, non arriverò mai alla tua proprietà di linguaggio.» Prese un taccuino dalla borsa. «Messaggi stitici. Questa me la segno.»

Erano arrivate al negozio di scarpe preferito da Ciutz. Bea aveva provato a protestare, dicendo che in fin dei conti poteva anche aspettare a comprarsi un paio di decolleté col tacco, e in fin dei conti era stata una bugia bianca proclamare che ne avrebbe comprato un paio e... Niente, il Generale Ciutz non aveva voluto saperne e l'aveva spedita dentro con uno spintone poco signorile.

Ciutz era una ragazza molto femminile e a modo, ma quando veniva contraddetta, soprattutto in fatto di shopping, si scatenava come una furia.

Così Bea si ritrovò a camminare avanti e indietro per il negozio sospesa su un paio di trampoli che, per quanto la riguardava, sarebbero stati più adatti a uno spettacolo circense.

«Ma dai, dimmi che non sei seria. Dimmelo!» piagnucolò allo specchio. «Non posso prendere 'ste due cose qui.»

«Oh invece sì. Queste sono perfette» rispose Ciutz. «E sono anche clemente perché quei tacchi misurano *appena* nove centimetri.»

«Appena?! Ciutz, potrei essere pronta a fare bungee jumping da quassù.»

«Dio, come sei sempre tragica» l'apostrofò. «In realtà sono molto fiera di me. In un solo pomeriggio ti ho fatto diventare la ragazza più gnocca della città. Guarda che gambe con quei tacchi: sembri un fenicottero.»

«Dici sul serio?» chiese Bea con un accenno di vanità.

«Certo. Ora però tienile addosso, così le ammorbidisci e soprattutto ti ci abitui.»

«Abituarmi?! E perché?»

Ciutz squadrò l'amica come se avesse a che fare con una ragazzina cui spiegare cose ovvie. «Perché così le potrai indossare spesso, Bea cara. O vuoi comprarle solo per berci lo champagne, come faceva Marylin Monroe?»

«Be', potrebbe essere un'idea.»

Ciutz la fulminò con lo sguardo. «Andiamo a pagare» concluse perentoria.

E mentre erano in fila alla cassa, assorte nei propri pensieri, Ciutz le chiese a bruciapelo: «Cos'è quella storia che avevi delle novità da raccontarmi?».

Bea fece un sorrisetto. «Ah, sì. Poi ti racconto.»

«Poi quando? Inizia ora, o ti faccio comprare anche un paio di stivali a cosciale.»

«Ok, ok. Allora, ci sarebbe un ragazzo... anzi due...»

«AHHHH! Ma allora esistono ragazzi nuovi!» urlò Ciutz, stile pescivendolo.

Bea avvampò, ma rimase impietrita con la sua scatola di scarpe in mano. «Brava, forse la signora là in fondo non ha sentito bene.»

Ciutz non fece una piega, smaniosa solo di scucire particolari all'amica. «Addirittura due! Ma chi sono?»

«Ma chi?! Cosa?! Stai dicendo tutto tu, ti sei già fatta il tuo film, come minimo ci vedi già insieme. E, ti faccio presente, ho solo detto "ci sarebbe un ragazzo"!» sbottò Bea. Ma si zittì perché era arrivato il suo turno in cassa.

Un attimo dopo erano fuori dal negozio, con Bea che cercava di trovare un equilibrio precario sui tacchi.

«Sei proprio incorreggibile, Ciutz. Per non dire di peggio.»

Ciutz le si avvicinò e piegò la testa proprio sotto il suo mento, guardandola da sotto in su, gli occhi grandi che imploravano perdono accompagnati da un mugolio sommesso.

«È inutile che fai lo sguardo da cocker, scema» scoppiò a ridere Bea, e le mise una mano sul viso.

Ciutz si raddrizzò soddisfatta. «Bene, ora che abbiamo fatto pace, racconta tutto. Chi sarebbe 'sto qui? Anzi, hai detto che sono due: sei sempre la solita fanatica.»

«Scema che sei. Allora, ce n'è uno che mette dei like alle mie foto...»

Ciutz aggrottò la fronte. «Eh?! Dei like?» Poi all'improvviso capì. «Oddio, Bea, no! Non dirmelo! Non dirmi che ti sei impelagata ancora con qualche sconosciuto sui social.»

«Ma no, non è successo nulla. Mi è bastata già una volta» sbuffò. «Sono solo... curiosa, ecco. Anche perché abita qui, lo si capisce dalle foto. Guarda.» Prese il cellulare e aprì la bacheca di E.B. su *Mitubùk*: comparvero le foto di quella mattina. «Ecco, vedi? Questo è l'albero di Natale che c'è di fronte al Duomo.»

«Mmm, sì» rispose Ciutz, scettica. «E come si chiama 'sto tipo?»

«Non lo so, si firma E.B.»

Ciutz, a braccia conserte, guardò Bea che continuava a sfogliare le pagine dell'app.

«Sei pazzesca» disse Ciutz, scuotendo la testa.

«Che c'è?! Che ho fatto?!»

«C'è che non capisco che soddisfazione ti dia questo gioco di unisci i puntini e scopri che figura viene fuori. Questo non capisco.»

«Senti Ciutz, questo discorso me lo aspetterei da Anna, non da te» ribatté Bea. «Dai, lasciami un po' di leggerezza.»

Ciutz continuò a fissare l'amica, che però era già tornata a controllare il cellulare.

«Ha postato una nuova foto!» uggiolò Bea.

«Allegria...»

Ma Bea non la stava ascoltando. Era sbiancata all'improvviso, portando una mano alla bocca. «Oddio, non posso crederci!»

«Cosa?!» chiese Ciutz, avvicinandosi.

«Ha postato un'altra foto.»

«E allora?»

«Guarda qui.»

UN GIORNO QUESTO DOLORE TI SARÀ UTILE: *UN LIBRO CHE MI RIMARRÀ SEMPRE NEL CUORE.* SPECIALE.

«Embè?!» esclamò Ciutz, dopo aver letto.

«Forse ho capito chi è E.B.» disse Bea, afferrandole una mano. «Oddio, E.B... Ma certo! Come ho fatto a non pensarci prima?!»

Ciutz continuava a guardare l'amica con aria stranita.

«E.B. inizia per E!» esclamò Bea.

«Bea, tu stai male sul serio.»

«Ciutz, devo andare. Devo andare a cercarlo.»

«Ma chi?! Chi?!»

«Emanuele. Quello con cui mi sono scontrata in motorino, quello della discoteca.»

«Quello con cui ti sei scon... Bea, sei confusa. Lo sapevo che prima o poi la mente avrebbe ceduto...»

«Ma lascia stare la mente! La vedi questa foto? Parla del libro di Peter Cameron, lo stesso che io gli ho regalato, senza sapere che era per lui. E guarda caso lui scrive che è un regalo prezioso. E *guarda caso* si firma E.B. Come si chiama lui? Emanuele. La E!» Era euforica. «Voglio andare a parlarci, *ora*! Lo vado a cercare in piazza Ariostea, credo sia il suo ritrovo con gli amici.»

Ciutz la fermò. «Lascia stare...»

A Bea si spense il sorriso. «E perché?»

«Non puoi essere sicura al cento per cento che sia lui. E poi...»

«E poi?»

«E poi, se proprio fosse lui, ti rovineresti il piacere di un corteggiamento più timido.»

Bea non poteva credere che la sua amica fosse così stratega, non era da lei. Anzi, normalmente era lei a spronarla di buttarsi nelle situazioni. “Ma vai, Bea, certi treni passano una sola volta!”, le avrebbe detto.

Bea rifletté. «Ok, non vado» disse infine. «Continuerò a scrivergli sulla app. Vediamo se ho davvero ragione a pensare che sia Emanuele.»

Poi allungò un dito e lo pigiò sulla fronte di Ciutz. «Tu comunque sei strana forte, *amica*. Vado, va’. Devo passare anche da Giacomo e, detto tra noi, non so come riuscirò a pedalare con questi trampoli ai piedi.»

«Secondo me sei molto sexy.»

«Be’, non credo che lo sarò con un tacco infilato nei raggi della ruota. Poi, diciamocelo, in questi giorni di festa non c’è proprio *nessuno* in centro e il mio ruzzolone passerebbe *sicuramente* inosservato.»

Ciutz rise. «Va be’, vado anch’io: devo incontrarmi con Alex. Stasera stiamo un po’ cicci cicci.»

Bea sapeva che quel termine per Ciutz significava qualcosa che andava ben oltre le coccole, ma non aveva mai chiesto niente. Mai fatto domande.

Si incamminarono verso le bici.

«Ciutz?»

«Che c’è?»

Si schiarì la voce. «Com’è… sì, insomma… stare cicci cicci?»

«EH?!»

«Dai, hai capito.» Arrossì.

«Intendi com’è fare l’amore?»

«Eh…»

«Non me l’avevi mai chiesto» commentò.

«Forse non lo volevo sapere.»

«Pensavi fosse una cosa brutta? O che io mi fossi buttata via?» chiese.

«NO! Per nulla! Ti giuro che non ho mai pensato una cosa del genere, né dato giudizi, anzi. Temevo solo la mia reazione a sapere che tu avevi un fidanzato serio con cui magari potevi fare sesso e io...»

...E avrei potuto averne uno pure io se non avessi mandato tutto al macello pensò.

«Be', sappi che mi fa piacere che tu me l'abbia chiesto. Avevo voglia di parlarne con te.»

Erano arrivate davanti alle loro bici, e Ciutz si appoggiò alla sella con aria assorta. «Per me è qualcosa di meraviglioso. Ogni volta che sto insieme a lui, Alex mi regala qualcosa di diverso, come se una tessera completasse un pezzettino di me.»

«Ma... ti ha fatto male la prima volta?»

«Sì, un po', ma era un male... bello. Necessario. Non so spiegare. Ero così felice di farlo con lui, in quel momento, che non ci ho neppure pensato. Anzi, ti dirò, ho anche avuto un orgasmo.»

Bea deglutì. «Ah. Però...»

«La prima volta non poteva essere che con lui. Lui per me è speciale, non voglio dire che se non ci fosse io non sarei quella che sono, ma di sicuro la sua presenza mi migliora. Ecco.»

Bea l'aveva ascoltata rapita.

«E tu? Si può sapere che cos'è successo quest'estate con Andrea?»

«Oddio, lascia stare quest'estate, per favore. Mi sembra un episodio così lontano.»

«Ma è successo qualcosa che ti ha segnato, Bea.»

«Sì... no.» Sbuffò. «È solo che ora non mi ricordo nemmeno perché mi sono arrabbiata così tanto con lui.»

Ciutz alzò un sopracciglio. «Perché non gliene parli?»

«Perché ormai è una storia vecchia. Lui non c'è più, qui. Ha fatto altre scelte, e anch'io ho altri pensieri. Credo di averlo dimenticato.»

«E adesso c'è questo E.B.? Anzi, Emanuele?»

Bea le diede una spallata divertita. «Ma va! E.B. mi incuriosisce, mi stuzzica. Ma ho imparato la lezione riguardo le infatuazioni da social.»

Ciutz non parve molto convinta, ma montò in sella. Prima di separarsi, disse: «Io non so se Alex sia quello giusto, non so se sarà con me per sempre. Anche perché il "per sempre" non fa parte dei miei pensieri. Mi conosci, sai che sono romantica, ma sgamata a sufficienza per non raccontarmi troppe favole. Però posso dirti che Alex era quello giusto in *quel momento* e fare l'amore con lui è stata la scelta più naturale che potessi fare. Sono convinta che Alex *ora* è l'unica persona con cui ho voglia di fare l'amore. Quanto durerà? Non lo so, spero tanto. E spero soprattutto di conservare sempre questa bella sensazione».

Bea fissò l'amica con gli occhi lucidi. Poi l'abbracciò forte, di slancio. «Non potevi dirlo in modo più bello.»

«Lo sapevo io che con questi *cosi* avrei rischiato di ammazzarmi» brontolò Bea. Le sembrava di pedalare con due mannaie legate ai talloni: era terrorizzata di fare un capitombolo in mezzo alla strada.

Si stava avviando verso casa di Giacomo: lui sarebbe stato lì con Anna a vedere un film e a mangiare porcherie.

Prese via Voltapaletto, fermandosi davanti a uno dei suoi negozi preferiti: era pieno di oggettini sfiziosi, aggeggi strani, tipo il cesto da bici in titanio, ma rivestito con un tessuto a scacchi e tanti girasoli appiccicati sopra. Adorava quello stile.

All'improvviso, si ricordò che E.B. aveva postato una foto in quella via, così frenò e decise di entrare.

Il negozio brulicava di gente speranzosa di risolvere gli ultimi acquisti.

Bea si fece largo e andò verso la stanzetta di sinistra, quella dedicata agli oggetti per la casa e agli accessori da giardinaggio.

Lei non possedeva un giardino, non aveva mai coltivato un pomodoro in tutta la sua vita e non curava neppure una piccola coltivazione di piante aromatiche da balcone; nonostante tutto provava un irrazionale interesse per mini serre, piccoli rastrelli, casette per gli uccellini, stivali di gomma alla Holly Hobbie.

«*Darliiiing, it's just for your mooooooother!!!*»

Bea si voltò attonita verso la voce stridula. E *la* vide! L'Odiosa Camilla, l'ex del suo ex. Agitava una di quelle ranocchie da terra provviste di sensore che gracchiava ogni volta che si apriva una porta.

Poi vide *lui*, il suo ex. Che quindi era ex sia di lei

sia di Camilla (anche se ormai non ne era più tanto sicura).

Il cuore le balzò in petto, le mani iniziarono a sudare sotto i guanti e, *VUUUUM*, una vampata potente di calore le salì al volto. D'istinto si accovacciò, sperando che nessuno dei due la notasse.

«Mi scusi, eh, ma ho perso qualcosa» gracchiò a un signore che aveva rischiato di inciampare su di lei.

Certo che stare china sui tacchi era un'impresa!

Intanto si mise a spiare l'odiosa coppia sfruttando la trasparenza delle vetrinette.

«*Oh my Goooood! It's so cute!*» esclamò Camilla alzando un magnete crepitante fulmini.

«Mi scusi signorina, ma è vietato toccare» la riprese la commessa.

Camilla alzò una spalla infastidita e posò l'oggetto sullo scaffale. «Non sono mica una poppante che distrugge il negozio» brontolò offesa.

Quando Andrea iniziò ad avanzare verso di lei, Bea cercò di appiattirsi il più possibile contro un mobile da dove pendeva un grappolo di borse, zainetti e tracolle. Ficcò la testa in mezzo a due zaini, sperando che quel mimetismo fosse sufficiente.

«Bea?» si sentì chiamare.

Oddio, ma perché sono così sfigata?!

Riemerse da cinghie e cerniere, i capelli che sembravano un gatto arruffato. Un bottone del cappottino rimase impigliato in qualche laccio, così si ritrovò a dare un bello strattone per liberarsi e a far cadere un paio di borse.

Insomma, un rientro in grande stile.

Però ho i tacchi, pensò. *Yeah...*

«Ma che stavi facendo?» chiese lui ridendo.

Che cavolo ridi?!

E poi furono raggiunti dall'odiosa creatura.

Ok, ha perso il papà. Ciò non toglie che rimane odiosa.

«*Andrew*, senti...» Sguardo su Bea, narici allargate. «Ah. Sei tu.»

«Ciao, Camilla. Come va?»

«*Fine. More or less.*»

A quelle parole, Bea si sentì in dovere di farle le condoglianze, cosa che la ragazza accettò con una smorfia tirata.

«Be', andiamo?» disse poi, rivolta ad Andrea.

«Sì. Un attimo.»

Ma Camilla non si muoveva di un millimetro.

«Arrivo» disse lui, guardando la ragazza dritto negli occhi. Era un'evidente esortazione a lasciarli soli.

Lei strinse le labbra. «Ti aspetto fuori, *darling*» e uscì dal negozio, rigida come un tronco di pino.

«Come stai?» chiese Andrea appena furono soli.

«Benissimo» rispose Bea.

«Sono tornato in città per le feste di Natale» disse lui.

«Vedo.»

Mamma mia che tono da acida! Datti una calmata, Bea.

Rimasero a fissarsi per un lungo istante. Erano solo loro due, ora, sospesi in questa enorme bolla natalizia fatta di gente rumorosa, accalcata, di cappotti che si strusciavano, di canti natalizi, di odore di mandorle pralinate, di lucine che si accendevano e spegnevano, di guanti, sciarpe e cappelli e loro due che rimanevano lì, a guardarsi, in un tempo che scorreva diverso.

«Non mi sembra che tu abbia molta voglia di parlarmi, o sbaglio?» disse lui.

Lei stava per rispondere ancora tagliente, ma se ne accorse per tempo e si morse la lingua. «È che sono solo di fretta. Devo andare» rispose.

«Sì, immagino. Un impegno improrogabile» disse lui ironico.

Lo fulminò. «Ciao. Vado.»

«Ok, vai» disse dispiaciuto.

«Vado se voglio io!»

Perché Andrea riusciva a tirar fuori il suo lato più detestabile? Quello instabile, rissoso, irrazionale.

Ora lui avrebbe potuto (e dovuto) mandarla a quel paese, lo sapeva pure lei. E invece. E invece accadde l'inaspettato, perché le prese una mano. «Ehi... sssh. Basta, Bea, ora basta. Smettiamola.»

Aveva un tono così gentile e dolce che i suoi occhi si inondarono di lacrime.

Allora fuggì, inciampando tra le borse a terra. Spalancò la porta e, accompagnata dallo sguardo stranito di Camilla, montò in sella, desiderosa solo di scappare, di andarsene il più lontano possibile da lì.

Pestò sui pedali malgrado quei tacchi ingombranti. Pedalò a gambe un po' larghe, scansando le persone come se sciasse a un supergigante. Non sapeva se il senso di delusione che le stava montando alla gola fosse più per Andrea o per se stessa, per come aveva reagito.

Si accorse che stava vagando a vuoto, mentre in realtà avrebbe dovuto andare da Giacomo. Non aveva più voglia di stare in compagnia, così si fermò, scrisse un messaggio ai suoi amici e tornò a casa.

Voleva il suo bozzolo.

Cenò velocemente, doccia, e si infilò sotto le coperte. Solo allora si ricordò dell'appuntamento virtuale con E.B. e si accorse che mai come in quel momento aveva bisogno di un'iniezione di autostima. Posò il cellulare da una parte e prese il libro in mano. Garibaldi, il gattone rosso, intuì che la sua padrona si stava preparando a un genere di serata per cui lui andava matto e si accoccolò sornione vicino al libro.

Impossibile non fotografarlo, pensò Bea. *CLICK.*

Si mise a giocare con qualche filtro, sfumò qua e là e pubblicò la foto su *Mitubùk*.

La mia serata ideale: un peloso da coccolare e una storia con cui annullarmi. Almeno per stasera.

Poi aprì *Un amore senza fine* e si isolò per un po'. Il libro parlava di questo amore forte, violento, totalizzante, di quelli che si possono vivere a sedici anni, e dove i protagonisti, David e Jade, si abbandonano a ogni tipo di esperienza di coppia. Un libro che, in un certo senso, le stava facendo un po' male, ma era tale la sua potenza che non poteva farne a meno.

Il micione si mosse un po', poggiando le zampine sulle pagine: sembrava leggere il libro. Bea scoppiò a ridere e scattò la seconda foto.

Segnalibri bizzarri...

Rise da sola mentre la postava. Spazio qualche secondo e *PLIN*. Un paio di like sulla foto e la notifica di un messaggio.

E.B: È la prima volta che vedo un segnalibro peloso. E coi cuscinetti.

Bea sghignazzò immaginando che dall'altra parte, a scrivere, ci fosse davvero Emanuele. Era proprio lui? Era anche lui disteso a letto, pronto a ritagliarsi del tempo con lei? Sorrideva anche lui al cellulare, mentre digitava?

E.B. stava digitando.

E.B: Ma è lì con te il peloso?

Bella: Sì. Si chiama Garibaldi. E sì, la foto era un'istantanea: in questo momento sono sotto le coperte a leggere con lui addosso.

E.B: A proposito: e il libro? Come procede la lettura?

Bea rimase con le dita in sospeso. Rispondere la imbarazzava un po': era arrivata in un punto della storia dove si parlava di sesso in modo molto esplicito. E, pur nell'intimità della sua stanza, si era ritrovata ad arrossire.

Era inconcepibile pensare di parlarne con uno sconosciuto. Con Emanuele, poi!

Bella: Bene.

Fu la sua risposta laconica.

Bella: È...

Si era bloccata. Non voleva addentrarsi sul contenuto, ma non voleva neppure essere troppo vaga o mostrare disagio.

E.B. digitò

E.B: È...?

Bello? Fico? Da paura?

Perché quando doveva mostrare di essere una ragazza intelligente le venivano parole banali?

Dai, Bea, trova un aggettivo decente per 'sto libro.

E.B. stava digitando di nuovo.

E.B: Ho capito, non ti sta più piacendo come prima.

Bella: NO! È che...

E finalmente partorì la benedetta parola.

Bella: È potente. Ecco che cos'è: potente.

Tirò un sospiro di sollievo per la scampata figuraccia

e immaginò il ragazzo chino sul cellulare, i riccioli biondi che ricadevano un po' sugli occhi, lui che ne spostava uno con un gesto veloce della mano: era talmente reale, come immagine, che ebbe la certezza che E.B. fosse Emanuele. Sì, non poteva essere che lui.

E.B. stava scrivendo.

E.B: È potente, sì.

E poi ci aggiunse un "brava" che la inorgoglì.

Bella: E tu? Che cosa stai leggendo, oggi? Ancora Jonathan...?

E.B: Coe, Jonathan Coe. No, l'ho finito. Sono tornato al mio amato Peter Cameron.

Era sicuramente un riferimento al suo Regalo Raccontato. Si chiese se anche lui avesse capito chi era Bella e le stesse dando un indizio.

Bella: Anch'io adoro Peter Cameron. È un autore per palati sensibili. Mi piace regalarlo, condividere una lettura così preziosa.

E.B: Già. Chi riceve un suo libro in regalo deve ritenersi molto, molto fortunato.

Ok, non c'era più alcun dubbio.

Bea si rannicchiò sotto il piumone e rilesse più volte l'ultima frase.

L'amore, l'inizio di un innamoramento, o di un corteggiamento, aveva il magico potere di spazzare via ogni pensiero brutto.

Ma se vuoi te ne regalo mille. Basta che mi fai innamorare il cuore.

E.B: Oggi Cameron lo stavo leggendo qui. Ora ti posto la foto: così capisci il mio stato d'animo.

Bea attese la notifica.

OMBRE E NEBBIA.

Lei cliccò un like e commentò.

MA OGGI NON C'ERA LA NEBBIA.

Lui le rispose in privato.

E.B: Era per citare Woody Allen. Conosci il suo film?

Bella: Certo.

Come poteva non conoscerlo con un amico cinefilo come Giacomo?

Più la conversazione proseguiva e più Bea si sentiva attratta dalla personalità di E.B. Perché poi quel nome? Decise di provarci.

Bella: Posso chiederti una cosa?

E.B: Dipende 😉

Bella: Per quale nome sta E.B.?

Non arrivò risposta. Forse la domanda era troppo diretta, avrebbe scoperto le carte.

Ma poi lui rispose.

E.B: È una storia lunga. Però sappi che solo la E sta per il mio nome.

Bella: Aspetta... Quindi la B significa qualcos'altro?

E.B: Esatto.

Beccato! E come Emanuele. Me lo sta dicendo in tutte le lingue, santoiddio. Se non ci arrivo, con tutti questi segnali, sarei un'idiota.

E.B: E tu, che mi dici di Bella? Un nome? Un omaggio a Disney? Un aggettivo presuntuoso? 🙂

Bella: È una storia lunga ;)
Comunque sì, è un nome. Non il mio ma...

Si soffermò sulle parole da usare.

Bella: È più un nomignolo, ecco. Fa parte del passato, ma ci sono comunque affezionata.

E.B: Capisco. Questioni di cuore?

Bella: Parecchio.

Avvampò, di nuovo. Era il record: arrossire da sola, per parole sue, senza nessuno che la stesse osservando. Il fatto era che temeva di aver già detto troppo.

E.B: Ed è una storia passata o c'è ancora? ... Se non sono troppo indiscreto.

Bella: No, no, non lo sei.

Che voleva dire: "Sì che lo sei, ma non posso rifiutarmi di risponderti perché sembrerei ancora scottata". Quindi Bea soppesò le parole.

Bella: È passata. È stata importante, ma ora sono più tranquilla.

Rimasero per un po' online, senza scrivere nulla. Poi lui digitò di nuovo.

E.B: Ora devo andare. Ci sei, Bella?

Bella: Ci sono.

E.B: Come rimaniamo? Io voglio ancora parlare con te. Ti dispiace se te lo dico? Sono troppo diretto?

Bella: No che non mi dispiace. Anzi.

E.B: Potremmo darci un appuntamento per domani, che dici?

Bella: Sì. Mille volte, sì!

Bea rise.

Bella: Stessa ora?

E.B: Stessa ora, Bella. 'Notte.

Bella: 'Notte E.B. 😘

Stava ricominciando ad amare?

Si era svegliata già da un po', ma rimase imbozzolata nel letto a pensare a ruota libera. Se ne stava lì, le mani intrecciate dietro la nuca, le dita che si perdevano tra i lunghi capelli ramati. Pensava al giorno prima, all'incontro con Andrea, a quanto le avesse dato fastidio la presenza di Camilla, a quanto ancora non le fosse indifferente, a quanto ancora non si capacitasse delle cose successe tra di loro. Poi pensava allo scambio di messaggi con E.B., agli stati d'animo scatenati dalle parole, e come tutto ciò profumasse di un'emozione che già conosceva.

Era il 23 dicembre. C'era quell'atmosfera di frenetica attesa e la vigilia era come un lungo sabato pieno di promesse. Era già il secondo anno che Bea non sentiva più la magia speciale del Natale, che una volta era fatto dai cartoni animati della Disney, dal libro *Canto di Natale* di Dickens, era le filastrocche da imparare a memoria, la tazza di latte e biscotti da lasciare a Babbo Natale, le carote per le renne, era la sveglia all'alba del 25 con lo stomaco in subbuglio e la stessa identica domanda dell'anno precedente: "saranno arrivati i regali?".

Bea si scosse dai suoi pensieri e si alzò finalmente dal letto. L'attendeva una giornata sonnacchiosa. Tutti i suoi amici erano alle prese con gli ultimi acquisti: si sarebbero incontrati alla sera da Giacomo.

Scese a fare colazione, assaporando la gioia della casa vuota. I suoi genitori lavoravano ancora, le loro vacanze sarebbero iniziate il 24. Mentre il latte si scaldava aprì *Mitubùk,* e subito, tra le ultime notizie, le apparve una foto pubblicata dalla piccola Beatrice.

Giulio Coniglio è sempre il migliore!

Sorrise pensando che quella bimba aveva davvero una marcia in più.

Ritornò sul profilo di E.B. e guardò alcune foto del periodo autunnale, quando ancora non si "conoscevano".

My best place ever. La libreria che mi ha fatto scoprire Mitubùk.

«Ah, pensa... da qui è nato tutto» commentò Bea.

Ingrandì la foto con pollice e indice cercando di scoprire indizi, ma quel posto non le ricordava nulla.

Passò oltre:

La Banda dei brocchi e la consapevolezza che Jonathan Coe sia un genio.

Ancora quello scrittore. La foto ritraeva un libro

aperto su un pontile in riva a un lago. *Sembra sia in attesa di qualcosa, o qualcuno,* pensò Bea.

Ce n'era un'altra, presumibilmente dello stesso posto.

Erano tutte foto nostalgiche, sembravano scattate da qualcuno che aveva dei rimpianti.

La colpirono.

Se E.B. era davvero Ema, allora quel ragazzo aveva un animo molto sensibile. E non vedeva l'ora di parlare con lui, quella sera, per il loro appuntamento virtuale.

Una strana agitazione le si arrampicò su per la schiena, ma la giornata era ancora lunga e c'era un unico rimedio per non macerarsi il cervello: agire.

Si infilò maglia termica, pantacollant, cappellino, guanti e uscì a correre. Faceva freddo, come piaceva a lei. Il corpo iniziò a risvegliarsi, a combattere la temperatura sottozero. Le gambe, dapprima legnose, si sciolsero strada facendo, la falcata corta si fece ampia e rotonda. Nello spazio di dieci minuti, Bea sgroppava su e giù per le mura. Corse e basta, come piaceva a lei, senza guardare l'orologio, senza preoccuparsi dei battiti cardiaci, liberando la testa.

A volte, solo quei momenti lì le regalavano ciò di cui aveva davvero bisogno.

Alle nove di sera, Bea suonò al citofono: FAMIGLIA MAZZANTI.

Il cancello si aprì.

Quando entrò in casa di Giacomo c'erano Anna,

Pizzicotti, la Spisani, Noccioli, la Bolognini. Sembrava quasi fosse stata indetta una riunione.

«Ehi, ma che succede?» chiese Bea. «Il G8?»

«Maratona di film romantici» rispose Giacomo. «Stiamo scegliendo tra *Io ballo da sola*, di Bertolucci, *Il favoloso mondo di Amélie*, *Ghost*, con quel bonazzo di Patrick Swayze...»

«Che Dio l'abbia in gloria!» risposero all'unisono Bea e Anna, cercandosi subito con gli occhi.

«...Sempre in gloria!» concluse Giacomo, imitando la melodia di un canto di chiesa. «Oppure *Divergent*.» Poi abbassò lo sguardo. «Scusascusascusa?! Qui c'è lo zampino della Ciutz, come minimo» esclamò, fissandole i piedi.

Bea aveva indossato le scarpe col tacco.

«In effetti...»

«Era ora, Bea! Sempre con quelle ciabatte.»

«Ehi, vacci piano, ciccio!» protestò Anna, alzando un piede corredato di sneaker.

«E infatti sei un po' cessa» sghignazzò Giacomo. «Peccato, perché con qualche centimetro in più faresti faville. Ma voi perseverate a non ascoltare il vostro *fashion consultant*!» Accompagnò le ultime parole con lo sfarfallio di una mano. «Dai, siediti Bea» disse poi. «Facevamo due chiacchiere prima di vedere un film. Rimani con noi?»

«Sì, un po'. Poi devo andare.»

«E da chi?» le chiese a bruciapelo Anna.

«A casa, impicciona che non sei altro» le fece il verso Bea. «Be', di che parlavate?»

Giacomo si distese sul divano. «Guarda, abbiamo

spaziato dal pettegolezzo all'argomento serio. Da che cosa vuoi iniziare?»

«Ovviamente dal pettegolezzo.»

«Bene, tieniti forte: Alvise si è messo con la Beccati.»

«Noooo! Alv... No, dai, non è possibile! Alvise e la Beccati?!» Bea si voltò verso Anna, l'ex di Alvise, ma lei si limitò ad alzare le spalle. «Che volete farci: forse, dopo aver toccato l'estasi con me avrà pensato che fosse il momento di espiare i suoi peccati.»

«Tesoro, qui c'è gente che ne avrebbe di peccati da espiare» disse Giacomo. «A cominciare dalla Strozzi.»

Bea arricciò il naso. «Ti prego, è Natale. Dovremmo parlare di Babbo, elfi e renne, mica di streghe.»

«Hai ragione, ciò non toglie che dovremmo fare qualcosa» proruppe Anna.

«E lo dici a me? Lo sai come la penso: oltre a essere bigotta e opportunista, la Strozzi non ci sta neppure insegnando in modo corretto. E ciò è un male.»

«Ma ci pensate che quella lì, con le sue idee retrograde, dovrà portarci all'esame di maturità?» intervenne Sonia.

«Strozzi e maturità: è cacofonico anche solo pensarci» commentò Pizzicotti.

«Le cose sono due: o stringiamo le chiappe o agiamo.»

Uno scambio veloce di sguardi.

«Io dico che dovremmo fare qualcosa» disse Bea. «E l'ultimo episodio, se ci pensate, è stato parecchio grave.»

«Il Preside però mi ha sorpreso: alla fine è intervenuto per toglierti l'insufficienza.»

Giacomo annuì.

Erano tutti spaparanzati chi sul divano, chi sui cuscini a terra. Il fuoco nel camino scoppiettava creando un'atmosfera perfetta per le confidenze.

«È che bisognerebbe beccarla sul fatto, testimoniare i suoi comportamenti omofobi. Niente vale come una prova: se andassimo dal Preside a dirgli semplicemente che la Strozzi si comporta così, non ci darebbe molto retta» disse Noccioli.

La Bolognini sgranò gli occhi. «La Barotto!»

«Eh?»

«La Barotto! Chiamiamo la Barotto! Sono sicura che lei ha una traccia audio del giorno in cui la prof ha fatto la sua sparata sul tema di Giacomo: stava registrando la lezione. Lo sapete che lei se le sbobina tutte, no?»

«Quella nerd...»

«Mandale un messaggio subito! E speriamo che non l'abbia cancellato.»

La Bolognini eseguì.

«Ma secondo voi, si può sollevare un professore dall'incarico?» chiese Noccioli.

«Credo di sì» rispose Giacomo. «O comunque si può segnalare un'attività non conforme alle norme etiche della scuola.»

«Jack, dovresti fare l'avvocato, lo sai?» sorrise Anna. «Parli già come in un serial televisivo.»

«*Un avvocato coi tacchi*. Mi vedo già il titolo!»

Esplosero a ridere.

PLIN. Un messaggio sul telefono di Laura. Mentre leggeva si illuminò. «Ce l'ha! Ce l'ha ancora! Santa Barotto e la sua mania della precisione!»

«Dille di tenerlo!»

«Ma credete che basterà? In fin dei conti è solo una traccia audio. Una sola...»

«Mi sembra un po' poco. E il contesto è difficile da capire.»

La delusione calò nella stanza.

«Dobbiamo sperare che succeda qualcos'altro» disse Giacomo. «Oddio, sperare che la Strozzi scada in qualche altra bassezza la dice lunga.» Rabbrividì. «Dai, ragazzi, è Natale. Piuttosto: avete sentito della mega festa dell'ultimo dell'anno a casa della Trasfo?»

«E come no! Sono feste mitiche le sue.»

«Andiamo o no?»

«Ci penso.»

«Io sì.»

Si levò una voce. «Allora? Ci guardiamo un film?»

«Giacomo hai pop corn? Patatine? Schifezze varie?»

«Roba unta e lurida? Ovvio. Vado.» Scavalcò il divano con un salto e scomparve sulle scale.

Iniziarono prima con *Divergent*, poi qualcuno propose di alzare il livello con *Io ballo da sola*, di Bertolucci.

«Lei ballerà pure da sola, ma io me ne vado a casa» disse Bea, stiracchiandosi.

«Dai, non fare la guastafeste» ribatté Giacomo. «Questo film ti farebbe solo bene. Ascolta zio Jack.» Ammiccò.

Bea scosse il capo. «Io passo, davvero.»
Si avviò verso la porta della taverna e qualcun altro seguì il suo esempio.
«Vado anch'io, s'è fatto tardi.»
Giacomo sbuffò. «Ecco, contenta Bea? Hai smembrato il gruppo.»
«Non fare l'isterico» rispose lei, stampandogli un bacio. «Ciao. A domani.»

Gambe incrociate sul parquet, schiena appoggiata al letto, una coperta fin sopra la testa.
Là sotto faceva caldo e ormai stava respirando più anidride carbonica che ossigeno, ma voleva stare lì, come al buio di un cinema, per rendere più intimo il contatto con E.B. L'unica luce a illuminarle il viso era quella del suo cellulare.
Aprì *Mitubùk* e subito, sugli aggiornamenti, comparvero le nuove foto del giorno.

Bella: Ciao. Ci sei?

E attese impaziente la risposta di E.B.
Possibile essere così legati a una app per comunicare? In realtà lei aveva il numero di Emanuele, poteva scrivergli sulla chat.
Poteva, ma non lo faceva. In verità nessuno dei due lo faceva.
Che fosse il timore di giocare a carte scoperte?

E.B: Ci sono, ti stavo aspettando. Non arrivavi più!

Mi stava aspettando!

Una voragine nello stomaco. Ogni respiro le dava vertigine. Per quale strana magia, parole così normali le provocavano così tanto piacere?

Bella: Ero fuori con amici e sono tornata solo ora. Anch'io avevo voglia... bisogno di scriverti

Arrossì.

Le dita sudate scivolavano sul cellulare.

E.B: Bella?

Bella: Sì. Dimmi.

E.B: Vorrei dirti un miliardo di cose...

Bella: Anch'io. Chi inizia? 🙂

Immaginò Ema, dall'altra parte, con i suoi riccioli ribelli. Aveva bisogno di pensare a quei riccioli per sentire di nuovo l'ebbrezza di provare qualcosa per qualcuno.

Dio che voglia di prendermi una sberla d'amore.

Bella: Ci credi che mi sono precipitata a casa?

E.B: Ci credo, perché l'ho fatto anch'io.

Bella: Sul serio?

E.B: Aspetto di chattare con te come un carcerato aspetta l'ora d'aria. 😍

Bella: Non dirmi queste cose se non sono vere. 😁

E.B: Che motivo avrei di mentire?

Bella: Non lo so. Ma ho talmente bisogno di sentirmele dire che va a finire che mi ci aggrappo come un naufrago alla zattera. Parliamo d'altro, ti prego, altrimenti qui sbrodoliamo troppo.

E.B: Sì, parliamo d'altro. In realtà ho bisogno di parlare, Bella. Ho bisogno che qualcuno mi aiuti a prendere una grande decisione.

Bella: Che succede?

E.B: Casini. Sto cercando di capire che cosa voglio fare della mia vita.

Bella: Di' niente.

E.B: Robetta, eh? È da un po' che ci sto pensando. Hai presente quando ti senti inscatolato in una vita che non ti appartiene? Quando hai preso una decisione affrettata, o magari sono stati gli altri a prenderla per te, e poi ne paghi le conseguenze?

Bella: Se ho presente? Questa sensazione la sto provando regolarmente da settembre.

E.B: Sapevo saresti stata la persona giusta per sfogarmi.

Bella: Ma non puoi tornare indietro dalle tue decisioni?

E.B: No. O forse sì. Ma temo il seguito.

Bella: Capisco.

E.B: E a te? Cosa è successo a settembre?

Bella: È finita una storia.

E.B: La famosa storia passata?

Bella: Sì.

E.B: E brucia ancora?

Bella: Un po'. Ma ogni giorno sempre meno.

E.B: Meglio così, allora. Mi piacerebbe aiutarti a dimenticare.

Bella: Non lo so. È strano... vorrei che rimanessimo in questa perfezione, ma nello stesso tempo...

E.B: Cosa?

Bella: ...nello stesso tempo vorrei conoscerti con tutta me stessa. Cioè, intendevo non fisicamente, eh...

E.B: Guarda che ho capito. Provo anch'io le stesse cose, Bella. Mi piacerebbe tanto conoscerti di persona.

Bella: Ma non adesso. Non chiedermelo.

E.B: Ok.

Bella: È che non vorrei fare gli stessi errori.

E.B: Sempre la famosa storia passata...

Bella: Eh sì.

E.B: Allora facciamo come hai detto tu: per un po' restiamo ancora così, qui. Poi, quando saremo pronti, romperemo gli equilibri.

Bella: Ci sto.

E.B: Bene.

Bella: Comunque...

E.B: Cosa?

Bella: Credo di sapere chi sei. Credo di averlo capito.

E.B: Non credo.

Bella: Invece sì.

E.B: Non facciamo giochini. Viviamoci e basta.

Bella: Sì, viviamoci e basta. Buonanotte, E.B.

E.B: Buonanotte Bella.

QUARTA PARTE

Mi piace il mio corpo quand'è col tuo
Corpo. È una cosa tanto nuova.
Muscoli meglio e nervi di più.
Mi piace il tuo corpo. Mi piace quel che fa,
e il come (…)
E.E. Cummings

Arrivò la sera della Vigilia di Natale.

Bea, con un abitino rosso, scollato a barchetta e le maniche trequarti, si dedicò agli ultimi dettagli per la cena con nonna Lia e i suoi genitori.

Il cellulare squillò con una notifica. Era E.B.

E.B: Ciao, sei incasinata?

Bella: Un po', sto preparando la tavola per la cena con gli apostoli 🙂. Come va?

E.B: Dopo hai un po' di tempo?

Bella: Sì, me lo ritaglio.

E.B: Ho bisogno di te.

Bea rimase senza fiato.

Bella: Anch'io.

E.B: A dopo, allora.

Zampettò verso la sala da pranzo. Mentre Diego cucinava il pesce, lei e la madre apparecchiarono la tavola con i piatti rossi della festa.

Per un attimo Bea si fermò a guardare suo padre chino sui fornelli, sua madre che piegava i tovaglioli in modo artistico, e chiuse gli occhi, cercando di imprimersi addosso, come un tatuaggio, l'atmosfera che da sempre l'aveva fatta felice. Era felice ora?

Forse sì.

Suonarono alla porta.

«Nonna!» urlò Bea, andandole incontro sul pianerottolo. Si lanciò a darle un bacio, inebriata dalla guancia che sapeva di cipria e dai capelli che emanavano profumo di lacca.

La nonna, fresca di parrucchiere nonostante il probabile pomeriggio trascorso a cucinare, allontanò bonariamente Bea col gomito, visto che le mani erano impegnate a tenere la teglia di lasagne. «Sciocchina, i capelli!»

«Ma se sei meravigliosa!» esclamò Bea. «Anzi, una gran gnocca.»

«Ma che parole dici, pensa te!» esclamò la nonna Lia, scandalizzata.

«Eh, lo so che ti fai sempre bella per il signor Nardo, tu!»

«Basta, Bea! Lascia entrare la nonna!» la redarguì Eleonora in un raro slancio di difesa materna. Le due donne non andavano molto d'accordo, ma a Natale si firmava una sorta di armistizio.

Bea scherzava: adorava usare parole un po' forti con sua nonna, attentando alla sua educazione all'antica.

La nonna, passando accanto alla nipote, sussurrò a denti stretti: «Comunque io e il signor Nardo siamo solo amici, due vedovi che si fanno compagnia».

«Eh! Come no!» rispose Bea, mulinando una mano in aria.

«Beeeeeaaa!» la sgridò di nuovo Eleonora.

Nonna Lia posò la teglia sul tavolo della cucina. Era una cuoca sopraffina e Bea attendeva sempre con ansia i suoi piatti succulenti.

Diego emerse dai vapori dei fornelli trasportando un vassoio con quattro calici di prosecco. «Alla famiglia Zanardi!» esclamò, alzando il suo calice.

«...E Menegatti» puntualizzò nonna Lia.

«Certo. E Menegatti.»

La nonna sfoderò un sorriso soddisfatto.

«Cin cin!» dissero in coro.

Bea mandò giù il prosecco lasciandosi accarezzare la gola dalle bollicine dolci, dal sapore fruttato, dal fresco dell'ambrosia che divenne subito fuoco in pancia. Quello era uno dei vantaggi del diventare grandi: concedersi ogni tanto un brindisi frizzante.

PLIN. Bea si allungò verso il cellulare sulla credenza, accorgendosi che le gambe avevano già accusato il vino. Sorrise tra sé, per poi tornare subito seria una volta letto il mittente del messaggio.

Andrea: Buon Natale, Bea.

Rimase senza parole, la mente troppo incasinata per formulare un qualsiasi pensiero.

Diego la riprese. «Beeea, il telefono!»

«Scusa, è solo un messaggio di auguri. Niente di importante.»

E rimise il cellulare a posto.

All'improvviso si sentì la testa anestetizzata, la lingua secca e formicolante, le voci le arrivavano lontane e rallentate, la vista era offuscata, l'ambiente deformato, come se si trovasse in una boccia di vetro.

Le sembrava di essere ubriaca, sì.

Ma non di prosecco.

Alla fine non rispose. Per tutto il tempo cercò di concentrarsi sui regali, sugli abbracci, sugli auguri, su Garibaldi che alla sera le si accoccolò sulle ginocchia mentre lei beveva una tazza di camomilla. Però il pensiero rimaneva lì, su Andrea.

«Oh, ciccia, che hai?» le chiese Diego, facendole una carezza sulla guancia.

«Niente, papà. Sarà un po' di nostalgia» sorrise. «Hai presente l'emozione che si prova a Natale da piccoli? Ecco, mi dispiace averla persa. Mannaggia al giorno in cui ho scoperto che Babbo Natale non esisteva.»

«Se vuoi ti rispondo come ti risposi allora: se ti fa piacere che esista, continua a crederci.»

«Già.» Fece un sospiro. «Be', io vado a nanna.»

Si alzò dal divano con Garibaldi in braccio e baciò sulla guancia papà, mamma e nonna. Poi andò in camera.

Bella: Io ci sono.

E.B: Anch'io. Ero impaziente. Mi sento incasinato, Bella.

Bella: La tua famosa decisione da prendere?

E.B: Sì.

Bella: Vorrei tanto aiutarti.

E.B: Be', sei qui con me, ora.

Bella: 🙂

E.B: Vivere una vita che senti non tua è terribile. Sto ingannando tutti, soprattutto me stesso. Mi sembra di essere il protagonista del libro di Cameron, quando vorrebbe tanto tornare indietro dopo aver combinato il casino con John.

Bella: Allora l'hai letto!

E.B: Ma certo.

Bella: Be', se hai già preso coscienza del tuo casino, perché non torni sui tuoi passi?

E.B: Fosse facile.

Bella: Parlane con i tuoi genitori!

E.B: Sono proprio loro il problema...

Bella: Ah, come non detto 🙂

E.B: 🙂 Mi sento imprigionato, vorrei fuggire da tutti.

Bella: ... Anche da me?

E.B: Sì... Nel senso che volerei DATE. Subito. Ora.

Bea arrossì.

E.B: Voglio vederti, Bella, parlarti di persona. Ne ho davvero bisogno. Basta comunicare così.

Bella: Sei proprio deciso...

E.B: Sì. Lo sono. È ora.

Bella: E... quando? Come? Dove sei tu?

Sussultò. Non le sembrava vero di fare domande per rendere concreto il loro incontro. Che confusione che fa il cuore quando pesta i piedi così forte!

E.B stava scrivendo di nuovo.

E.B: C'è una festa il 31 dicembre, a casa della Trasforini. So che la conosci anche tu.

Bella: Come fai a saperlo?

E.B: Lo so e basta. Ci vediamo lì?

Bella: Ci vediamo lì.

Un attimo di pausa, poi E.B. continuò.

E.B: Oddio... Non vedo l'ora.

Bella: Anch'io.

E.B: Va' a nanna, ora. Sogni d'oro.

Bella: 'Notte.

E così Bea, la notte della Vigilia di Natale, dormì poco e niente, e non perché fosse concentrata a sentire in lontananza le campanelle della slitta di Babbo Natale...

In quelle brevi ore di sonno, sognò di essere in cima a una montagna piena di neve, proprio sul bordo di un precipizio. Accanto a lei c'erano Andrea da una parte e Ema dall'altra. Tutti e due non dicevano niente. Anche lei stava muta, ma si sentiva in imbarazzo. Teneva gli occhi bassi, a guardarsi i piedi che, improvvisamente, rimanevano senza scarpe. Il freddo le si arrampicava addosso, e nello spazio di pochi minuti aveva le gambe immobilizzate e livide. "Aiuto, datemi un paio di scarpe. Non posso muovermi!"

Ma né Andrea né Ema si muovevano. Continuavano a guardarla con indifferenza, come se attendessero il suo completo congelamento.

Si svegliò di soprassalto e si toccò subito i piedi che erano ancora lì, caldi e reattivi. Garibaldi, accoccolato accanto a lei sul cuscino, ronfava profondamente. Bea si chinò a baciargli il pelo morbido. «Beato te, piccolino. Buon Natale.»

«Quindi ti ha chiesto di andare alla festa della Trasfo» ripeté Ciutz al telefono.

«Già...»

«E finalmente vi incontrerete.»

«Già.»

«Sei contenta?»

«Ho paura, ma nello stesso tempo non vedo l'ora.»

«Mmm, Bea... Mi sembra di averlo già vissuto questo momento, esattamente un anno fa.»

«L'hai già detto» commentò Bea sarcastica. «Senti, vieni anche tu alla festa, vero? Ho bisogno di sentirmi circondata e protetta dai miei amici. Jack e Anna hanno già accettato.»

«Ah, quindi ad Anna l'hai già chiesto...»

«Dai Ciutz, ero già al telefono con lei, ne avevamo già parlato. Non fare la gelosa.»

Ma dall'altra parte non si sentì niente.

«Ciuuutz, ci sei?»

Silenzio...

«CIUTZ!»

«EHHHH, ci sono! Uff, vedo se non ho nient'altro da fare per il 31.»

«Bugiarda. Mi avevi detto che non avevi ancora organizzato nulla con Alex.»

«Eh, ma può succedere qualsiasi cosa.»

«Permalosa del cavolo.»

«Tesoro, io sono una femmina e ho il diritto di avere tutte le contraddizioni che voglio. Ciao.»

E riattaccò.

Ma Bea era sicura che alla fine anche Ciutz ci sarebbe stata.

E.B: Mancano solo due giorni al 31, il nostro giorno X. Sei pronta?

E.B. le stava scrivendo da ormai un paio di minuti.

Bella: La verità? No.

E.B: Ecco, appunto. 🙂

Bella: Come stai?

E.B: Ho bisogno di vederti: sono alla deriva e tu ora sei il mio faro.

Bella: Esagerato... In fin dei conti ci conosciamo già, avresti potuto parlarmi in altre mille occasioni, invece che continuare a scriverci in modo anonimo.

E.B: Hai ragione, ma intanto non sto perdendo tempo: continuo a pensare, così magari quando parlerò con te avrò le idee più chiare per spiegarti come mi sento. Come ti vestirai?

Bella: È una festa sul tema anni '20, quindi cercherò di stare in linea con quella moda.

E.B: Chissà come sarai carina.

Bella: Non farmi arrossire, di solito mi basta sempre così poco.

E.B: Per me sei adorabile. Punto.

Per lui sono adorabile!

Poco dopo...

Ciutz: Allora verrò alla tua cavolo di festa, piaga che non sei altro! Per due motivi: il primo è che il mio fidanzato, o meglio quasi ex fidanzato, se ne va in montagna senza di me (e adesso capisci perché è quasi ex), il secondo perché una festa anni '20 è una bomba di per sé.

Bea: Sì, sì, ok. Adesso vuoi farmi credere che sia solo una questione di look 😁.

Ciutz: Embè?

Bea: Quindi a questo punto potresti venire con me dal parrucchiere a farti la piega: io vorrei un'acconciatura d'epoca.

Ciutz: Mmm, vediamo...

Bea: La smetti?

Ciutz: Cosa?

Bea: Di fare quella che sta sulle sue quando invece muori dalla voglia di venire. Su, dammi un po' di soddisfazione!

Ciutz: Domani. Forse. Solo se fai la brava.

Bea: Non mi meriti.

E poi uscirono dal parrucchiere come se avessero varcato una porta spaziotemporale: Ciutz con il suo caschetto drittissimo intrappolato sulla fronte da un nastrino di velluto nero con una piuma di pavone; Bea con una crocchia bassa sulla nuca e una serie di onde che le incorniciavano il volto. Il trucco era leggero, a parte le labbra rosso vermiglio.

«Ma perché non è venuta anche Anna?» chiese Ciutz.

«Ha detto che non le serviva: la settimana scorsa si è tagliata i capelli cortissimi.»

«Oddio...»

«Guarda che sta benissimo. E smettila di prenderla in giro!»

«Va beeene, va beeene. Ma tu smettila di farle da avvocato difensore, per piacere» sbuffò Ciutz. Poi prese Bea sottobraccio e se la trascinò via. «Ora andiamo a vestirci: solo allora saremo davvero due schianti.»

Finirono di prepararsi a casa di Bea. Indossarono due abitini a vita bassa (nonna Lia aveva fatto qualche modifica a due vestitini smanicati con le paillettes), le calze velate nere e due lunghe collane di perle finte.

«E che ne dite di queste scarpe?!» disse Eleonora, comparendo nella stanza di Bea con due paia di scarpe col tacco corredate di perline.

L'accoppiata Ciutz-Eleonora era pericolosa, e Bea lo sapeva. L'una fomentava l'altra. Ciutz stuzzicava quella parte vezzosa di sua madre che lei, con il suo carattere, invece trascurava.

Ciutz si portò le mani alla bocca. «Oddio, Eleonora, ma sono stupende!»

«Eh lo so, le ho prese qualche tempo fa e non le ho mai messe. Una follia. Ma lo sai, no, come succede quando si va a fare un giro in centro...»

«Come no! Tornare a casa senza sacchetti è un delitto.»

Si guardarono complici, e Bea non poté fare altro che sentirsi un po' esclusa.

«Dai, provale!» la esortò Eleonora. Batteva le mani come una bambina impaziente, mentre la ragazza infilava il piedino.

«Santo cielo, Carlotta, sei un incanto... Le vuoi tenere?»

«Posso davvero?!»

«DEVI! Almeno verranno usate!»

Ciutz saltò al collo di Eleonora e le stampò un

bacio, lasciandole una traccia di rossetto rosso vermiglio.

«Mentre tu, Bea, potresti indossare queste» e le porse l'altro paio nero, di raso. «Con il tuo vestito saranno un amore.»

«Grazie, mamma» disse Bea, infilandosele ai piedi.

In effetti era perfetta.

«Ora non vi rimane che divertirvi... ma non troppo, mi raccomando.»

Bea alzò gli occhi al cielo.

«Vi accompagno» disse Eleonora, prendendo le chiavi dell'auto.

Più si accorciava la distanza tra lei ed E.B., più Bea era trepidante. Quel pomeriggio, tra parrucchiere e ultimi preparativi, non c'era stato tempo di soffermarsi. Ora invece tutto le esplodeva dentro.

Aprì la borsa nera e prese il cellulare.

Mitubùk. Scrisse di getto.

Bella: È giunto il momento.

Dopo un po' il cellulare vibrò.

E.B: Non vedevo l'ora.

Sospirò.

Ciutz le prese inaspettatamente la mano. «Tesa?»

«Di più.» Ed emise un altro sospiro a pieni polmoni.

«Tanto sai già chi è. Perché tutta questa emozione?»

«Boh. Forse perché per la prima volta ci parleremo togliendo di mezzo le nostre false identità.»

«Io dico che dovresti essere preoccupata solo di una cosa» proclamò Ciutz seria.

«Cioè?»

«Che baci bene!» E scoppiò a ridere.

«Sei proprio scema, Ciutz!» esclamò Bea, mettendosi a ridere anche lei.

«Che avete?» chiese Eleonora, guardando nello specchietto retrovisore.

«Niente» risposero in coro.

Arrivarono al quartiere dove abitava la Trasforini. La villa si affacciava su un parco di fronte a una scuola.

«Bene, buon anno ragazze!» disse.

«Ciao, mamma. Buon anno.»

«Buon anno, Ele! E grazie!»

La Trasforini, detta Trasfo, era una ragazza dell'ultimo anno famosa per le sue sfarzosissime feste a tema. Ne organizzava una ad Halloween e una a Capodanno, ed erano sempre dei successi. C'era stata quella sul periodo egizio, quella anni Settanta, quella *2001 Odissea nello spazio* (dove Noccioli si era presentato vestito da scimmione con un osso in mano), quella adamitica. Questa volta toccava ai gangster degli anni Venti.

Bea e Ciutz suonarono e salirono al primo piano, guidate dalla musica jazz che proveniva da un vero e proprio grammofono posizionato nell'atrio.

Varcarono la porta di un enorme salone addobbato con fiori e drappi. In centro sala, due lampadari di cristallo, e nell'angolo un mobile bar con un barman in abito d'epoca.

Le ragazze sfoggiavano perline, piume, collane di perle, foulard annodati in testa, finti diademi, guanti lunghi, microborse, scarpe alte col cinturino, boa di struzzo, acconciature morbide e ondulate; i ragazzi esibivano completi con panciotto e giacca, camicie immacolate con farfallini, lucidissimi mocassini neri, qualcuno aveva azzardato qualche baffetto e i capelli portati all'indietro con la brillantina.

Noccioli, in smocking, si era pitturato il viso di nero. «Che avete da guardare così? È in stile dixieland» esclamò.

C'era un megaschermo sul quale scorrevano immagini di film muti con Buster Keaton, Jean Harlow, Harold Lloyd, Louise Brooks, Charlie Chaplin.

«Wow... la Trasfo fa sempre le cose in grande» commentò Ciutz con gli occhi incollati al soffitto affrescato.

«Be', è facile con una casa così» disse Bea.

Lei però non era interessata agli arredi, perché i suoi occhi vorticavano sui visi degli invitati. Ce n'erano talmente tanti che passarli tutti in rassegna era un'impresa. Ma di sicuro E.B., o meglio Ema, non era ancora arrivato.

«Beviamo qualcosa?» chiese Bea, indicando il tavolo del buffet.

Prosecco e champagne dettavano legge.

«Bollicine?» disse Ciutz con aria furbetta.

«E sia.»

Da una sala attigua arrivò la musica di un pianoforte.

«Andiamo a vedere?» chiese Ciutz.

Si incamminarono con il bicchiere in mano, facendosi largo e salutando gli altri invitati fino ad approdare a un salotto con divani di velluto, camino acceso e un pianoforte a coda al centro della stanza. Lo stava suonando la Trasforini, attorniata da amici. Anche lei era bellissima: indossava una cuffietta anni Venti, e si era fatta un trucco alla Betty Boop, con la bocca a cuoricino rosso.

«Cri, ma sei bravissima!» disse Bea, baciando la padrona di casa. Poi si guardò attorno: anche in quella stanza di E.B. non c'era traccia.

Ma scorse qualcun altro, seduto su uno dei divani con un piatto in mano e un calice appoggiato sul tavolino accanto. Sembrava appena uscito dal film *Cotton Club*, elegante come Richard Gere. Era Andrea, con accanto Camilla, vestita di piume e paillettes.

Bea si voltò di scatto e trascinò via Ciutz.

«Ma che hai?! Che c'è?!»

«Sssh, non voltarti. C'è Andrea con l'odiosissima bionda.»

«Sì?!» esclamò Ciutz, cercando di guardare da sopra la spalla.

«Ho detto di non voltarti!» grugnì.

«Ho capito! Ho capito!»

«Andiamo di là e speriamo di non incrociarli per il resto della serata.»

«Bea, siamo in una casa, mica in un castello.»

Ritornarono nel salone principale, dove all'improvviso si levò una voce squillante.

«*Bonsoir les amis! Voici l'animateur!*»

Bea e Ciutz si scambiarono un'occhiata riconoscendo la voce di Giacomo.

Se lo ritrovarono di fronte assieme ad Anna con il suo nuovo taglio cortissimo. Avevano avuto la brillante idea di scambiarsi i ruoli: lei era vestita con uno smoking che le accarezzava la figura, i capelli liscissimi portati all'indietro e un paio di baffetti disegnati sul viso; lui con uno strepitoso abito di raso da star del cinema, lungo fino ai piedi.

Non aveva nulla da invidiare a una vera donna.

L'entrata dei due aveva fatto scalpore: tutti gli occhi erano puntati su di loro.

«Caspita, Anna è davvero uno schianto!» dovette ammettere Ciutz.

«*Loro due* sono uno schianto! Se volevano sorprendere, ci sono riusciti di sicuro. Vieni, raggiungiamoli. Prima però mi bevo un altro di questi» disse Bea, afferrando un calice di bollicine.

Il magico quartetto si ricompose.

«Giacomo sembra Veronica Lake, mentre Anna è uguale a Katherine Hepburn. Maledetti, non avete fatto trapelare nulla del vostro piano!» disse Bea, abbracciandoli.

«Veronica Lake? La adoooooro!» si pavoneggiò Jack. «Riguardo il travestimento mi è partita l'idea la scorsa settimana, quando Anna si è presentata con il suo nuovo taglio. Ma che cosa vedono le mie pupille?!»

Ancheggiò verso il tavolo del buffet come una vera diva, prese un calice di prosecco con la mano guantata e lo tracannò (questa volta non come una vera diva). Poi si servì una mestolata di lasagne. «Anche se non dovrei» ammise. «Queste feste mi stanno lasciando un po' di chili di troppo. Ma come si fa a dire di no a 'sto ben di Dio?!»

Parlarono, mangiarono e brindarono, mentre Bea continuava a guardarsi intorno con la vista un po' offuscata. Da una parte controllava la porta d'entrata per vedere se arrivava E.B., dall'altra il varco del secondo salone, dove Andrea e Camilla stanziavano come Scilla e Cariddi.

Ma che ci fanno quei due? Mi rovineranno la serata.

La festa cominciava a scaldarsi. Dopo le musiche anni Venti si era passati a quelle contemporanee.

E a un certo punto Bea lo vide. Indossava un abito da Grande Gatsby e l'effetto finale, con i suoi riccioli biondi, era da togliere il fiato.

«Oddio, eccolo» esclamò Bea, stringendo la mano a Ciutz. Lei si voltò e capì a chi si riferiva l'amica.

Ciutz sbiancò. «Ma è lui?!»

«Certo che è lui.»

La gola le si seccò di colpo, come asciugata da un vento violento. Pensò quindi di tracannare un altro bicchiere di prosecco (quanti erano ormai?), poi eresse bene la schiena e annuì decisa. «Vado.»

«Aspetta!» disse Ciutz, afferrandole un braccio.

Ma Bea non la stava più ascoltando, i suoi occhi erano puntati su di lui.

Ema la vide e si illuminò di un sorriso caldo. Attraversò la sala a lunghe falcate, facendosi largo tra la folla e in un attimo furono uno di fronte all'altro.

«Ciao» disse lui.

«Ciao» ripeté Bea un po' svampita.

«Che combinazione» disse lui, poi scoppiò a ridere.

Bea, senza sapere dove prendesse il coraggio, si alzò sulle punte e gli buttò le braccia al collo. La testa le girava un bel po'. «Non vedevo l'ora arrivassi» gli sussurrò.

Ema la strinse forte a sé e, tanto per peggiorare i suoi capogiri, l'alzò e la fece roteare su se stessa. Bea vide vorticare i visi dei suoi amici che la stavano osservando tra il divertito e il preoccupato. Ciutz, soprattutto, stava sussurrando qualcosa all'orecchio di Anna. Poi intravide di sfuggita Andrea che, seguito da Camilla, si era fermato e la stava fissando incredulo.

Ben ti sta, pensò.

Ema la rimise a terra e avvicinò la bocca al suo orecchio. «Che piacevole sorpresa trovarti qui.»

Lei, barcollando, si staccò e lo guardò con aria stranita. «Perché... sorpresa?»

Ma Ema si era bloccato a osservare Giacomo seduto sul divano con Anna. «...Loro sono con te?»

«Sono fighi, vero?» disse Bea orgogliosa.

Lui non rispose, ma fece un'espressione che Bea non riuscì a decifrare.

Ciutz le si avvicinò. «Per favore, vieni un attimo, devo parlarti.»

Bea si voltò, questa volta infastidita. «No, Ciutz. Lasciami stare ora.»

Ema le sussurrò nell'altro orecchio. «C'è troppa gente qui, troppi scocciatori. Non trovi?»

Bea sghignazzò.

«Andiamo a farci un giro?»

E senza aspettare risposta, la prese per mano e iniziò a camminare veloce, sfilando sotto il naso di Andrea e Camilla. Bea, malgrado i giramenti di testa, notò chiaramente lo sguardo di Andrea, e ancora una volta provò un recondito piacere.

«Bea!» sentì Ciutz urlare dietro di sé.

Ma niente, lei ed Ema stavano già sparendo oltre il salone, confondendosi tra gli invitati.

Bea si sentiva come se fosse tutto immerso in una vasca idromassaggio. I piedi erano pesantissimi.

«Ema, aspetta, mi gira un po' la testa.»

«Tranquilla, tra un attimo ci sediamo da qualche parte» rispose lui, continuando a camminare.

Le strinse la mano, intrecciando le dita alle sue, come fossero due stelle marine. Attraversarono un enorme balcone e l'aria fresca rischiarò per un attimo la mente di Bea. Poi rientrarono per una porta finestra che si affacciava su un lungo corridoio.

«Credo che sia la zona notte, sai?» disse lui.

Ogni tanto si voltava a guardarla e sorrideva.

«Fermati, Ema, ho voglia di sedermi.»

«Ok. Cerchiamo un posto comodo.»

Aprirono una porta: niente, era un locale lavanderia. Ne aprirono un'altra e trovarono una camera da letto.

«Ci fermiamo qui?» chiese lui.

Bea annuì ed entrarono.

La luce era soffusa e proveniva direttamente dai lampioni all'esterno. Bea si buttò sul letto a pancia insù, coprendosi il viso con le braccia. «Oddio, mi gira tutto... Non so neppure quanti bicchieri di prosecco ho bevuto.»

Nel buio, sentì il ragazzo sederle accanto e accarezzarle la guancia con un dito. «Ora sono qui.»

Bea sorrise e lo guardò. Poi scoppiò a ridere. «Che scema sono stata, ubriacarmi il giorno in cui dovevamo finalmente conoscerci.»

Lui inclinò il capo. «Conoscerci? Ma noi ci conoscevamo già.»

Le si fece più vicino e le appoggiò un braccio sulla vita.

«Sai che cosa intendo» disse Bea. «Parlo di *Mitubùk*.»

Ricambiò il tocco sulla guancia.

Ema aggrottò per un attimo la fronte, poi sorrise. «Sei davvero ubriaca, Bea. Ora vieni qui, però, basta parlare.»

I due visi erano pericolosamente vicini. «Non sai quante volte ho immaginato questo momento. Quanto tempo sprecato, Bea...»

E senza aspettare oltre lui la baciò. Anzi, la morse.

«Ahi!»

«Scusa... scusa.» E questa volta la baciò cercando di essere più dolce. «Va meglio ora?»

Le diede qualche altro bacio delicato sulle labbra, e poi fece guizzare di nuovo la lingua nella bocca di

Bea. Lei chiuse gli occhi. Anche Ema aveva bevuto, ma non sapeva di champagne, piuttosto di superalcolici.

L'odore le diede alla testa e si staccò dalle sue labbra. «Ehi, che veemenza...»

«Che c'è?» le chiese lui, brusco.

«Niente... stavo soffocando.»

Lui provò a baciarla di nuovo, ma lei gli mise una mano sul petto. Sorrise. «Time out.»

«Ok, capito... Faccio il bravo.»

«Sì, per un po' sì... Parliamo?»

Rimasero con gli occhi incollati e un sorriso scemo stampato sul viso.

«Non so da cosa iniziare» disse Bea. «Avrei mille cose da chiederti.»

«Tipo?»

«Mmm, ok. Dimmi per che cosa sta la B di E.B. Ci ho pensato un sacco, sai?»

«E.B.?»

«Eh. La B.»

Scoppiò a ridere. «Ma di che parli?»

Anche Bea rise. «Lo fai apposta, di' la verità.»

«Sì, lo faccio apposta» sussurrò lui. E improvvisamente le afferrò le mani, le allargò le braccia e gliele appiattì sul letto: in un attimo fu sopra di lei a baciarla di nuovo, questa volta con foga. Non le dava il tempo di respirare.

«Ema...»

Continuava a baciarla, a esplorare con la lingua ogni parte del viso, del collo.

All'improvviso le afferrò un seno.

Bea sobbalzò.

«Ema!» ripeté a voce più alta, agitando la testa da una parte e dall'altra.

Ma lui sembrava non sentire, o forse semplicemente non gli importava.

«BASTA!» Bea era terrorizzata.

La presa si fece ancora più salda, tornando sulle mani.

«Tanto lo so che ti piace... hai fatto la santarellina, ma lo so che l'hai fatto apposta...»

Non fece in tempo a dire altro.

Bea lo vide volare via, e di colpo fu liberata dal suo peso. Nella penombra della stanza scorse solo due corpi che si attorcigliavano per poi staccarsi di colpo. Sentì il rumore di vestiti tirati, strappati, di colpi sordi di future tumefazioni, di scarpe che scivolavano sul parquet, schiaffi, urla, sbuffi.

La luce si accese all'improvviso, illuminando la scena.

Ema e Andrea erano un groviglio di violenza, astio e sudore.

«Oh, cazzo» urlò Ciutz con la mano ancora sull'interruttore. Sulla porta comparvero anche Giacomo, Anna e Camilla.

«*Darling*!» urlò Camilla.

«Chi li divide, ora?» chiese Anna.

Si voltò verso Giacomo e si scambiarono un'occhiata.

«In teoria l'uomo saresti tu» disse lei.

«Ma ho i tacchi!» protestò Jack.

Anna lo fissò a braccia conserte.

«Mmm, che odiosa!» Con un calcio si liberò prima di una scarpa, poi dell'altra, si alzò la gonna e piombò sui due lottatori. Cercò di fermare Ema, ma questi lo spinse via con rabbia.

«Non mi toccare, frocio di merda!»

Anna intervenne e cercò di afferrare Andrea per le spalle: ottenne solo di renderlo più indifeso e il suo avversario ne approfittò per sferrargli un pugno allo stomaco. L'impatto fece cadere a terra anche lei.

«BASTA! FINITELA!» urlò Bea.

Camilla scomparve di corsa e tornò poco dopo con la Trasfo e alcuni forzuti rinforzi. In un paio di secondi, Ema e Andrea furono divisi.

«Andatevene tutti e due» disse la Trasfo. «Via dalla mia festa.»

«Ma che cazzo me ne frega della tua stupida festa, stronza» sibilò Ema, toccandosi una guancia.

Fu raggiunto dai suoi amici, attirati dal trambusto.

«Che è successo?» chiese uno. «Che hai fatto, Strozzi?»

Bea spalancò gli occhi. «S-Strozzi?!»

Lui si voltò. «Hai qualche problema?»

«Tu... ti chiami Strozzi?» ripeté lei.

«Eh. Quindi, che cazzo vuoi?»

Si asciugò un rivolo di sangue dal labbro.

«Tua mamma...»

«Oh, mi hai rotto, va bene?!» urlò voltandosi. «Mia mamma cosa?! Dai, ragazzi, andiamocene da 'sto posto del cazzo.»

Bea gli afferrò un braccio. «Tua madre fa... fa l'insegnante?»
«Ma vaffanculo, va'.» Si voltò verso i suoi amici. «Avevate ragione, era proprio una festa del cazzo. Che città di merda.»
Se ne andarono via con fare strafottente, portandosi appresso uno strascico di rabbia e aggressività.
Il quadretto rimasto era questo: Ciutz vicino alla porta, Bea che, con sguardo atterrito e le braccia strette al petto, guardava Andrea, lui con Camilla a fianco, restituiva lo sguardo, Anna e Giacomo ancora a terra.
La stanza sembrava essere stata travolta da una tromba d'aria.
«Lui è quello che ha insultato Giacomo la sera della discoteca» disse infine Ciutz.
«Che cosa?!»
Ciutz annuì. «Li ho notati perché ero sulla balconata e ho visto che era stato lui a urlare... sì insomma, quella frase...»
La "famosa" serata in discoteca.

Sabato sera, alla discoteca Enigma. Qualche mese prima.

Dopo aver parlato con Bea, Ema raggiunse i suoi amici.
«Niente da fare, secondo me è una che non la sgancia» tagliò corto. «Ve l'avevo detto che dovevamo rimanere a Bologna. Questa città fa schifo.»

«Che cazzo! Era solo per cambiare un po'. Ma sei sicuro che non ci sta?»

«Per starci ci sta anche, ma è del genere "ce l'ho d'oro". Fa l'intellettuale.»

Risata.

«E sentite qua» continuò, «una roba da andare giù di testa, è la stessa ragazza che mi aveva fatto trovare alla cassa il libro che parlava di froci, ricordate? Quando mia madre mi ha mandato in quella libreria del centro... Ve l'avevo raccontato!»

Di fronte all'espressione dubbiosa di Simone, Ema rincarò: «Ma sì, dai! La ragazza davanti alla libreria e 'sta cazzata dei Regali Raccontati».

«Ah, sì! Ora ricordo! Il libro gratis.»

«Oh, finalmente!» esclamò Ema, dando un pugno sulla spalla di Simone.

«E che libro ti ha regalato?» chiese.

«Ma chi si ricorda... Aspetta... Aveva a che fare col dolore... Un giorno... il dolore sarà vivo, o una roba del genere, che cazzo ne so.»

Tutti si voltarono a guardare Bea al bancone del bar e scoppiarono a ridere.

«Mi ha chiesto se l'avevo letto, capite? – Risata. – Pensate che faccia avrebbe fatto se le avessi detto che non appena sono uscito dalla libreria l'ho buttato nel cestino! – Risata.»

Rimasero per un attimo a guardarla ancora. Poi, Simone disse: «Insomma, non te la dà?».

«No. E poi è sicuramente vergine.»

«Peccato.»

«Vuoi provarci tu?»

Simone fece spallucce.

«Oh, per me va bene, eh» disse Ema. «Basta che sia uno di noi a farsela. Alla fine rimane tra amici.»

(Sghignazzata di tutti.)

Diedero una sorsata dai loro bicchieri, quando all'improvviso qualcosa attirò la loro attenzione.

Ammutolirono.

«Ma chi cazzo è?»

Giacomo era entrato in discoteca, molleggiando orgoglioso sui suoi tacchi.

«È un frocio di merda, ecco cos'è» disse Ema.

«Non ci credo, guardategli le scarpe...»

«Che schifo.»

«Mi viene da vomitare. Se osa solo sfiorarmi, gli spacco il culo.»

«Io non ce la faccio a guardare. Andiamocene.»

«Macché andiamocene: se ne deve andare lui!» disse Ema.

«Andiamocene. Io in 'sto cazzo di locale non ci voglio rimanere.»

«Oh, dai...»

«Ho detto ANDIAMOCENE!»

«Aspetta, però voglio togliermi la soddisfazione... Venite...»

Ema si appostò vicino a una colonna, mise le mani sui lati della bocca e urlò: «BRUTTO FROCIO!».

«Ma che cazz... Andiamocene... via, via! Via!» gridò Simone.

«Scappa!»

Tornando alla festa della Trasforini...

«Be', almeno possiamo dire che è stato coerente: per lui frocio ero e frocio sono rimasto» disse Jack, amareggiato.

«Senza contare come ha trattato Bea.»

Bea intanto si era seduta a terra, o meglio, accasciata. La testa le girava sempre di più.

«Bea, tutto bene?»

Annuì in modo impercettibile.

«Credete davvero che si tratti del figlio della Strozzi?» chiese Anna.

Nel sentire quel nome a Bea venne da vomitare. Istintivamente le aumentò la saliva in bocca.

«Credo non ci siano dubbi: hanno pure lo stesso modo di pensare.»

In quel momento dal piano inferiore partì il countdown della mezzanotte.

«Dieci... nove... otto... sette... sei...»

Andrea le si avvicinò, sedendosi sui talloni. «Bea... ehi...»

Le voci in coro continuavano. «Cinque... quattro... tre...»

«N-non mi sento troppo bene» sussurrò lei. La stanza si stava deformando, le voci provenivano da lontano, un pungente senso di nausea la stava pervadendo.

«Due... uno...»

Andrea anticipò ogni suo gesto: le mise una mano sulla fronte e una sulla nuca.

«AUGURIIIII!»

E nel momento in cui si sentì il rumore di tappi di champagne che esplodevano in aria, Bea si piegò avanti e, scossa da un violento tremore, vomitò come un sifone tutto ciò che aveva bevuto, mangiato e... baciato durante la serata del suo ultimo dell'anno.

Ma i capelli, quelli, erano salvi.

In teoria aveva aperto gli occhi, sì, quindi si sarebbe potuta definire sveglia. In pratica, però, vagava in uno stato limbico post alcolico molto pericoloso, del tipo che se avesse mosso velocemente la testa o se si fosse alzata di scatto, di sicuro avrebbe combinato un disastro. Tipo quello che era successo la sera precedente.

Il pensiero la fece gemere.

Si coprì il viso con le braccia.

Mattone dopo mattone, si impilarono i fatti confusi della serata a casa della Trasfo: la musica, gli invitati, Ciutz, Anna vestita da uomo, Giacomo vestito da donna, l'alcol, e poi Andrea, Camilla, Ema che non solo non era E.B., ma era anche un vero stronzo e di cognome faceva pure Strozzi, con tutte le orride implicazioni del caso. Poi la scazzottata tra Andrea e Ema, lei che era stata male e...

Mugolò di nuovo, come se la rievocazione dei ricordi le procurasse dolore fisico. Doveva fare i conti con se stessa. S'era buttata a capofitto sulla costruzione di E.B attribuendogli l'identità di Emanuele, un ragazzo che conosceva appena e che lei stessa aveva riempito di emozioni e sensibilità. Tutto frutto della sua immaginazione. O desiderio.

"L'amore è la soddisfazione di una mancanza." L'aveva letto da qualche parte, ma calzava a pennello.

Alla fine le memorie scomode cedettero il posto alle domande: come era proseguita la serata? Chi l'aveva riaccompagnata a casa? E soprattutto: se E.B. non era Emanuele, e non lo era di sicuro, chi era allora?

Staccò un braccio dal viso e afferrò il cellulare sul comodino: segnava mezzogiorno e trequarti del primo gennaio. Ok, quindi il suo presente aveva un buco di quasi tredici ore.

Aprì la chat e vide che c'erano già cinque messaggi da persone diverse.

Ciutz: Ehi, bella addormentata, come stai? Fatti sentire quando ti svegli... Ci hai fatto prendere un bello spavento, non la finivi più di vomitare! Ah, buon anno! Bacini sparsi.

Anna: Oh, Bea, ho qui pronto per te un bastimento carico di aspirine per il post sbornia. Batti un colpo e arrivo da te. Ti abbraccio!

Giacomo: Certo che se volevi dare scandalo ci sei riuscita alla grande. Sei peggio di me, ragazzaccia! Hai capito la dolce Bea... Chiamami quando ti svegli! Giacomo (Veronica Lake).

Bea accennò un sorriso. I suoi amici erano sempre

lì, presenti. C'erano. Erano le sentinelle del suo cuore. E non era poco.

Passò all'ultimo messaggio: era di Andrea.

Sbiancò, ma quando lo lesse divenne ancora più pallida.

Andrea: Chiamami quando ti svegli.

Il cellulare squillò proprio mentre stava leggendo, facendola sobbalzare. Il rumore della suoneria le penetrò il cervello come una stilettata.

Ciutz.

«Pronto?» rispose, sorprendendosi della sua voce roca.

Ci fu un momento di silenzio dall'altra parte del telefono.

«Oddio, Bea, sembri uscita da una cripta!»

«In realtà ci sono ancora dentro...»

«Com'è?»

«Hai presente quando un cingolato ti passa ripetutamente prima-retro-prima-retro sulla schiena? Ecco.»

«Però sei viva.»

«O qualcosa di simile.»

«Nausea?»

«Da zero a dieci? Cento.»

«Mal di testa?»

«Chiamami Bea Emicrania.»

«Insomma un *bijou*.»

A Bea venne da tossire e la contrazione degli addominali le fece montare altra nausea.

«A posto?» chiese Ciutz.

«Finché ti rispondo, sì» disse. «Preoccupati solo se non lo faccio più. Allora precipitati qui, metti un annuncio sul giornale, o chiama l'ambulanza. Senti, ma chi mi ha portato a casa? Avete per caso chiamato i miei?»

«No, tranquilla. I tuoi erano ancora a cena. Abbiamo trovato le chiavi nel tuo cappotto e ti abbiamo portato a casa assieme ad Andrea.»

Andrea!

«Era preoccupatissimo per te, ti ha portato in braccio fino in camera. Poi, quando sono arrivati i tuoi, se n'è andato con noi. Tranquilla, non abbiamo raccontato niente nel dettaglio.»

«Grazie, Ciutz.»

«Lo chiamerai?»

«Andrea dici? Non credo... mi vergogno troppo e... credo che ormai non abbia più senso.»

«Bea, fallo. Stai sbagliando.»

«Ma che ne sai tu?!» si inalberò. «È trascorso troppo tempo ormai.»

«Chiamalo.»

«No.»

«Peggio per te, allora, capra che non sei altro!»

Bea si afferrò il setto nasale e chiuse gli occhi. «Ciutz, vengo da una notte infernale, ho una nausea che rimetterei il mondo intero, un mal di testa fotonico, quindi ti chiedo: potresti evitarmi cazziatoni almeno oggi?!»

Silenzio. «Ok. Ci sentiamo dopo. Ciao.»

Bea sbuffò e chiuse la comunicazione.

PLIN. Un nuovo messaggio.
«Cazzo.»
Si chiese se fosse ancora Andrea.
In realtà era una notifica della chat di *Mitubùk*.

E.B: So che ieri sera sei stata male. Come va, ora?

Era E.B.!

Bella: Meglio, grazie. Ma tu dov'eri?! Non c'eri?

E.B: C'ero, solo che ti ho visto andare via.

Bea arrossì: di sicuro doveva averla vista sgattaiolare via con Ema! Dio, che vergogna…

Bella: Mi dispiace se non ci siamo incontrati.

E.B: Anche a me. Senti, io sono a Milano ora, ma ho bisogno di vederti. Ho bisogno di parlare con qualcuno, e tu sei la persona che più mi capisce. Buffo, vero? Due che si sono conosciuti tramite una app.

Bella: Cosa non fanno i libri, eh?

E.B: Eh. 🙂

E.B: Bella, aiutami, ti prego. Raggiungimi a Milano. Non so bene che cosa ci lega, di sicuro un rapporto sincero, onesto. Quello che mi serve per venir fuori da 'sto casino.

Bea rilesse la sua ultima preghiera.

Che cosa doveva fare? Andare fino a Milano? Da sola?

Non sapeva nemmeno chi si sarebbe trovata di fronte. Da sola, in una città sconosciuta, a cercare una persona sconosciuta. Sarebbe stata la Cazzata dell'Anno.

No, doveva essere assennata. Doveva esserci, soddisfare la sua curiosità di conoscere finalmente E.B., ma in modo intelligente. Tipo...

Si illuminò, nonostante la cortina di nebbia in testa.

Bella: Vedo come posso organizzarmi. Te lo prometto.

E.B: Dici davvero? Allora aspetto tue notizie?

Bella: Certo, tieni duro. E, a proposito, buon anno!

E.B: Buon anno anche a te, Bella.

Chiuse la app e si alzò. Non appena fu in piedi, come un colpo di vento improvviso che spalanca le finestre, fu travolta da un'ondata di nausea tremenda.

E qualche secondo dopo era in bagno, china a vomitare.

Bea: (AMMINISTRATORE DEL GRUPPO: TRASFERTA MILANO) HA AGGIUNTO CIUTZ, GIACOMO, ANNA.

Anna: Beaaaaa, cos'è 'sta storia?! Trasferta Milano?! Spiega!

Giacomo: Sto già tremando... Che hai in mente?

Bea: Calma, adesso vi spiego.

Ciutz: E io che c'entro, tra l'altro? Di solito o chiami Anna o chiami me, quindi...

Bea: Ciutz, smettila! Non ora.

Ciutz: 🙁

Bea: Allora, se state un po' zitti vi spiego. Praticamente...

Giacomo: Ecco, quando esordisce con "praticamente" vuol dire che ci vuole indorare la pillola.

Bea: JACK BASTA!

Giacomo: Ok. Scusa. Siamo tutti orecchie. Vai!

Bea: Allora, vi ricordate E.B., quello con cui chattavo su quell'app dei libri?

Ciutz: E chi se lo scorda? Tu pensavi che fosse Ema, il figlio della...

Bea: Ok, non c'è bisogno di rimarcare gli sbagli passati.

Anna: Passati?! Tesoro, ti faccio presente che il tutto risale a tre giorni fa, prima che tu sboccassi l'anima.

Bea: Oh, avete finito?

Giacomo: Dai, facciamola parlare ragazze.

Bea: Dicevo: la sera dell'ultimo dell'anno dovevo conoscere E.B., ci eravamo dati appuntamento proprio alla festa della Trasfo e... sappiamo tutti com'è andata. Ora però mi propone di incontrarci...

Giacomo: Fammi indovinare: a Milano?!

Bea: Sì, Milano. Lui sta lì in questi giorni e...

Giacomo: E...?

Anna: Sputa il rospo Bea.

Bea: Mi ha chiesto di aiutarlo a prendere una decisione. Dice che ha bisogno di... parlare con qualcuno.

Ciutz: SEEEEEEEEE, come no! Parlare!

Giacomo: Bea, ancora 'ste favole? Ti ricordi com'è andata a finire l'ultima volta che hai fatto una trasferta con un ragazzo?

Bea: Jack, infatti questa volta non è con, ma DA un ragazzo. E comunque non sarò neppure sola con lui...

Anna: Oddio, ho capito il piano assassino. Bea, non oserai!

Bea: Oh sì.

Ciutz: Aspetta, io non ho capito.

Anna: E te pareva.

Ciutz: Scusa se non siamo tutti sagaci come te!

Pausa.

Ciutz: Si dice sagaci, no?

Giacomo: Sì sì, Ciutz, brava! Ciutz-Anna uno a zero!

Ciutz:

Bea: Comunque sì, ho deciso: voi mi accompagnerete .

Anna: Ma sbrigartele da sola le tue minchiate pare brutto?

Ciutz: Brava, brava Anna, complimenti! E secondo te dovremmo lasciarla andare da sola in treno a Milano da un perfetto sconosciuto il cui nome è formato solo da due lettere puntate?! Ma per piacere!

Giacomo: Ciutz-Anna due a zero. 😀

Bea: Ragazzi, il biglietto ve lo pago io, è il mio regalo di Natale.

Anna: Natale è già passato, mi pare.

Bea: Allora del Natale prossimo, va bene? Dai, ho voglia anche di svagarmi, andiamo là tutti assieme, mi tolgo la curiosità, faccio il favore di ascoltare un amico...

Giacomo: Amico?! Sei proprio sicura?!

Bea: Sì. Per me è così: un amico.

Ciutz: E Andrea?

Bea: Cosa c'entra Andrea?! E perché dovete sempre tirarlo in mezzo?! Uffa!

Ciutz: C'entra, perché sappiamo quanto ancora lo ami!

Bea: Ma come parli?! Che ne sai?!

Giacomo: Sssh, calme. Stop. Bea, semplicemente abbiamo visto come si è preoccupato per te la sera della festa. Ti ha assistito con amore...

Pausa.

Ciutz: A proposito: l'hai chiamato, poi?

Bea: No.

Ciutz: No?!

Bea: NO! Tanto lui è con Camilla, stanno sempre appiccicati, l'avete visto anche voi! Mi ha assistito? Bene, grazie tante, gli è rimasta un po' di umanità, alleluja. Chissà cosa ci vuole a tenere ferma la testa di una che vomita, eh!

Giacomo: Ti faccio presente che si è pure scazzottato per difenderti...

Pausa.

Ciutz: Che è ben di più di sorreggerti la testa.

Pausa.

Giacomo: Va be', comunque saremo felici di accompagnarti. Forse hai ragione: una trasferta ci farà bene. Bea, siamo con te. Vero ragazze?

Anna: Occhei.

Pausa.

Giacomo: Ciutz?

Pausa.

Ciutz: Va beeene... uff...

Bea: Vi voglio bene 😍. Grazie.

Partirono il giorno seguente.

Salirono su un Frecciarossa che da Bologna arrivava direttamente a Milano Centrale.

Bea notò che i suoi amici sembravano improvvisamente tutti bendisposti al viaggio.

Le stesse Anna e Ciutz sembravano grandi amicone e cercavano di farla parlare, di sviscerare le aspettative, le ansie, di immaginarsi come sarebbe andato l'incontro.

«Quindi dove dobbiamo portarti?» chiese Giacomo per riassumere le tappe della giornata.

«Mi ha scritto *appuntamento all'Idroscalo alle tredici*» rispose Bea, controllando il messaggio.

«Mmm, Idroscalo...» Giacomo prese il suo cellulare e digitò sul motore di ricerca. Apparvero diverse immagini del bacino artificiale milanese costeggiato per i sei chilometri di perimetro da spiagge, sentieri, piste ciclabili e boschetti di abeti. Sembrava una specie di isola felice immersa nella realtà caotica metropolitana.

«Pare un posto piuttosto romantico» rise Giacomo. «Noi ti aspetteremo di fronte: pare ci sia una zona Luna Park lì vicino.»

«Jack, te l'ho già detto: non vado là per un incontro romantico!»

«Se lo dici tu...»

«Mi interessa, certo. Mi incuriosisce, ma...»

«Ma...?»

«Sento che è giusto andare a Milano a conoscere E.B., ma tutto finisce lì, senza altre aspettative» concluse.

«Be', non dirmi che non sei curiosa di sapere com'è!»

«Ovvio che sono curiosa.»

Intanto avevano già passato Parma.

«Dai, facciamo un totoragazzo su questo E.B.» propose Giacomo. «Come sarà? Biondo, o un moraccione?»

«Dai, Jack, non iniziare con queste scemenze» sorrise Bea.

Guardò fuori dal finestrino. «Secondo me, comunque, è castano» sussurrò.

«Biondo. Sicuramente biondo» disse Ciutz.

«Alto?»

«Mmm... Un metro e settantotto, non di più.»

«Ma vaaaa! Io me lo vedo un tronco di pino oltre almeno un metro e ottantacinque» commentò Giacomo.

«Ma soprattutto gran lettore» disse Ciutz. «E cosa c'è di più sexy di un uomo che legge, vero Bea?»

Bea arrossì.

«Mi chiedo comunque perché siate tutti così entusiasti di questo viaggio. Non eravate voi quelli del "Bea ma che cavolo vai a fare a Milano"?!»

Fecero tutti e tre spallucce.

«Il viaggio è aggregante» concluse Giacomo con un sorrisino.

Stazione di Piacenza.

Una notifica fece squillare il cellulare di Bea. Era E.B.

E.B: Sei sul treno?

Bella: Sì, mi stanno accompagnando i miei amici.

E.B: Bene, non vedo l'ora di incontrarti! Ci vediamo al primo stabilimento di canottaggio che vedi non appena varchi il cancello dell'Idroscalo. Ti aspetto lì.

Bella: Contaci.

E.B: Sono felice.

Bella: Anch'io.

Bea chiuse l'applicazione e vide che i suoi amici la fissavano incuriositi. «Era E.B. Mi ha dato le coordinate dell'appuntamento.»

«E ai tuoi? Che hai detto?» chiese Anna.

«La verità: che noi tre venivamo a Milano. Comunque anche loro andavano via per una piccola vacanza.»

«Quindi il povero Garibaldi è rimasto a casa da solo?»

«È fuori anche lui. Lo sai che è il ras del quartiere, quello lì» rise Bea. Ma la tensione continuava a montare a ogni minuto che passava. Il paesaggio scorreva velocissimo e l'occhio faceva fatica a soffermarsi sui particolari. Un po' come i pensieri di Bea, che schizzavano veloci come palline del flipper. Impossibile agguantarli e dar loro un ordine.

Erano immagini che la sua mente componeva e che andavano a fondersi e confondersi con i particolari che scorrevano fuori dal treno: una frase letta su *Mitubùk*, un pioppo mosso dal vento, un commento di E.B., il rumore del treno che passava sul ponte del Po, il viso di Ema, gli argini che contenevano il fiume, una foto postata da E.B. che ritraeva una barca della Federazione Italiana di Canoa, un cane che abbaiava di fronte a un casale, Andrea che le scriveva come stava, il cartello di Milano Rogoredo che sfilava via.

«Oddio, siamo già arrivati!» esclamò.

«Quasi. La prossima fermata è Milano Centrale.»

Bea si alzò e appoggiò la fronte al finestrino.

Il treno cominciò a rallentare, segno che ormai stavano entrando nella stazione. Una serie di scarti improvvisi, scambi di binari dell'ultimo istante prima di immergersi sotto le enormi tettoie in ferro.

I ragazzi scesero sulla pensilina, confondendosi tra la massa di viaggiatori che invadevano ogni giorno la città. Camminarono verso l'uscita, ma proprio quando ormai stavano per imboccare i tornelli, Bea si bloccò.

C'era Andrea alla fine del binario e stava guardando verso di lei, come se la stesse aspettando.

Bea si voltò di scatto verso i suoi amici. «Che significa?»

«Cosa? Ah, toh, c'è Andrea!» esclamò Giacomo con aria falsissima.

«Non dire che non lo sapevi!»

Anna le si avvicinò. «Andrea ci ha semplicemente chiesto di potersi mettere in contatto con te. Non gli hai mai risposto. Così gli abbiamo detto che saresti venuta a Milano e, siccome anche lui era qui, ne ha approfittato.»

Andrea si avvicinò. «Ciao, ragazzi. Ciao, Bea.»

Bea non rispose, continuava a tenere le braccia conserte, chiusissime. «Scusa, ma non mi hai lasciato scelta: ti avevo chiesto di chiamarmi e non l'hai mai fatto» mormorò Andrea.

«Non ho nulla da dirti.» Ma perché le veniva fuori tutte le volte quell'acidume?

«Ma io sì. Concedimelo, almeno.»

Lei si voltò dall'altra parte. In realtà provava ancora una fastidiosa vergogna dopo la notte di Capodanno: per questo non aveva voluto chiamarlo.

«Dai, Bea, non fare la testarda» disse Ciutz.

«Non mi piacciono queste cose, dovreste saperlo bene. Mi avete ingannata: tutto il viaggio a parlare di...»

«Lo so che hai un appuntamento» la anticipò Andrea.

Bea lo fissò sbalordita.

«E ti prometto che ti ci porto io, arriveremo in un attimo.»

Bea si irrigidì e fu presa da una gran voglia di fuggire. Andrea lo sentì, forse, e le afferrò una mano.

«Rilassati, nessuno vuole forzarti. Ho solo bisogno di parlare con te. Non essere arrabbiata con i tuoi amici.»

Bea si voltò e per poco non scoppiò a ridere: si erano messi tutti vicini, i visi appiccicati l'uno all'altro, e le sorridevano con aria innocente.

«E va bene» rispose Bea. «Ma voi dove andrete mentre io sono con lui?»

«Ci faremo un bel giro» disse Giacomo. «In fondo siamo a Milano, bellezza! E poi ti aspetteremo al Luna Park.»

«Il paradiso dello shopping!» trillò Ciutz. E si prese Anna e Giacomo a braccetto, portandoseli via.

Bea non poteva credere di essere in quella situazione così surreale: lei, in una città sconosciuta con il suo ex ragazzo, ma pronta per andare all'appuntamento per conoscerne un altro.

«Vieni, andiamo a prendere la metro» disse Andrea, allungando la mano verso di lei.

Ma Bea non l'afferrò, e si mise a camminare a braccia conserte, costringendosi a continue ricerche di equilibrio.

«Ti va un caffè?» chiese subito dopo Andrea.

«No.»

«Un succo, allora.»

«No.»

«Una pistola per impallinarmi?» E scoppiò a ridere.

Bea continuava a trottare in silenzio verso i tornelli della metro.

«Si può sapere dove corri se non sai neppure dove andare?» disse lui.

«Allora dimmi dove cavolo dobbiamo andare!» sbottò Bea.

«Per di là» rispose lui. «Possiamo prendere la linea gialla o rossa e ci fermiamo in Duomo.»

«Ok, vada per la gialla, allora.»

Scesero le scale e, dopo aver imboccato un lungo corridoio, arrivarono al binario.

«Time out, Bea. Ti va?»

Lei strinse le labbra, ma non ce la faceva a guardarlo in faccia.

«Ehi» sussurrò, afferrandole il mento con le dita.

«Non fare il dolce con me solo perché ora ti ergi a paladino che ha salvato la pulzella dal villano!» sbottò lei.

La gente si voltò a guardarla e lei arrossì.

«Cosa?! Paladino?!» ripeté Andrea incredulo. Scoppiò a ridere, di quelle risate che si fa fatica a fermare. E più lui rideva più Bea si arrabbiava, come se non fosse presa sul serio.

«Basta! Cos'hai da ridere tanto?!»

«Bea, hai davvero un carattere del cavolo... ma giuro che sei unica...»

Scalfita. Alla fine la sua corazza fu scalfita: un angolino della bocca si alzò verso l'alto.

«Quindi com'è?» chiese Bea dopo che furono saliti sulla metro.

«Cosa?»

«Vivere a Milano.»

«Ho una casa carina, degli amici a posto, anche se c'è qualche puzzone...» rise lui.

«In stile Camilla?» buttò lì Bea, a bruciapelo.

Lui rise. «Be', più o meno.»

Bea fece l'unica domanda che le girava in testa da un pezzo.

«E... state bene, insieme? Tu e lei, dico.»

Lui la fissò. «Be', la conosco da un bel po': ormai ho imparato a non badare ai suoi snobismi. Ma non è una cattiva ragazza.»

Non aveva risposto alla sua domanda. O meglio non le aveva detto quello che lei voleva sapere.

Cercò un altro approccio. «Le sarai stato molto vicino dopo che è morto suo padre: avrà avuto bisogno di... conforto.»

«Mi stai chiedendo se sto con Camilla?»

Bea era un tizzone ardente.

«Eh?! Chi?! Ma no... sono affari tuoi... cioè, anche se fosse...» Si voltò di scatto. «State insieme o no?»

Sorrise. «Finalmente parli chiaro. No, Bea, non stiamo insieme. Le sono stato vicino, come dici tu, perché siamo amici di vecchia data. Credo che lei vorrebbe di più, anzi ne sono certo, ma sono stato sempre molto sincero in merito.»

«Ah.»

«Siamo andati qualche volta a scalare perché ha frequentato con me un corso alla SEM, gli escursionisti di Milano. Sospetto che fosse venuta apposta per starmi vicino, ma poi si è appassionata davvero.»

«Capito.»

Lui le mise una mano sulla spalla. «Ehi, ascoltami: non sono insieme a Camilla. Mi credi?»

«Ok, ok...»

Arrivarono alla prima fermata. Le porte si aprirono per far salire altre persone.

«E tu? Che mi dici invece del figlio della Strozzi?»

«MA CHE C'ENTRA LUI!»

Bea si accorse di aver urlato e si guardò attorno incassando la testa nel cappotto.

«Dio, ma che domanda mi fai?!» continuò questa volta con un tono normale.

«Be', ci sta dopo quello che è successo, no?»

Alzò una mano e solo allora Bea si accorse che le nocche erano sbucciate e livide. Il ricordo della rissa tra lui ed Emanuele riaffiorò prepotente.

«Ehm, sì. Io credevo... credevo che lui... fosse diverso, ecco. Avevo...»

«Non voglio farti il terzo grado, Bea, non sono qui per questo.»

«E per cosa sei qui, allora?»

«Te l'ho detto, ho bisogno di parlarti.»

«Sono qui.»

«Che cosa cercavi in Emanuele?»

Bea si irrigidì. «Ma ancora! Non sono affari tuoi, non più!» urlò.

«Ehi, non voglio litigare.»

Bea guardava fuori dai finestrini bui della metropolitana.

«Avevo voglia di attaccarmi a qualcuno, credo» rispose all'improvviso, anche se col broncio. «Lui mi ha fatto credere... io ho creduto che fosse un'altra persona.»

Si voltarono a guardarsi per un attimo.

«Lo capisco, sai?» disse infine lui. «Capisco ogni parola che dici come se le avessi pronunciate io.»

Bea non se l'aspettava. «Ah, sì?»

Annuì. «Siamo arrivati.»

Scesero dalla metro e riemersero in superficie.

«Ti va se passiamo un attimo in libreria? Poi giuro che ti porto al tuo appuntamento.»

«Certo.»

Camminarono per il centro. Il traffico era cento volte maggiore rispetto alla città di Bea. Le strade erano viali, non vie, e tutti correvano frenetici. C'erano negozi ovunque, insegne luminose, pubblicità di concerti, spettacoli, mostre.

«Ti piace vivere qua?»

«Sì e no. Diciamo che non ti annoi mai.»

Andrea si diresse con passo deciso verso l'entrata di un negozio. Apparteneva a una libreria abbastanza grossa, niente a che vedere con *Il mondo di Bea*, ma sembrava carina.

Entrarono e subito Bea ebbe una sensazione strana, come se ci fosse già stata. Imputò quella reazione al fatto che le librerie, contenendo lo stesso tipo di articoli, si assomigliano un po' tra loro: basta uno scaffale simile a un altro, un modo di sistemare le pile di volumi e...

No, non reggeva. Ogni libreria ha una sua identità, un suo cuore, un suo vissuto ben plasmato, perché lì si trafficano parole, si vende pensiero e ogni libro, proprio perché è un regalo raccontato, ha un'anima sua. Anche solo se viene affiancato a un altro assume un'identità diversa. Quindi perché quella sensazione?

Andrea si diresse subito alla cassa e salutò la commessa in modo cordiale, segno che si conoscevano.

Bea nel frattempo curiosò tra gli espositori e notò con piacere qualche tavolino e divanetto qua e là dove ci si poteva sedere e intanto sorseggiare una tisana.

All'improvviso la sua attenzione fu attratta da un foglietto attaccato a uno scaffale. Diceva: *Scarica anche tu l'app di* Mitubùk *e scoprirai un salotto di lettori come te pronti a parlare di libri. Iscriviti e consiglia i tuoi titoli preferiti.*

Bea trasalì sorpresa: *Mitubùk* stava avendo successo!

Si voltò per chiamare Andrea e commentare, ma lui era ancora alla cassa, così lo raggiunse.

«Ti faccio un pacchetto regalo?» chiese la signora.

«Non importa» rispose lui. «Tanto lei è qui.»

«Chi? Io?» chiese Bea.

Andrea rise. «No, mia nonna! Tieni, questo è per te: auguri.»

Bea guardò la copertina: era un libro di Jonathan Coe, *La casa del sonno*.

Corrugò la fronte. «Come conosci questo scrittore?»

Lui fece spallucce. «È il mio regalo di Natale. Niente di che, ma con i libri so che vado sul sicuro.»

Bea strinse il libro al petto un po' imbarazzata. «Be', allora grazie.»

Appena uscirono, Andrea guardò l'orologio.

«È quasi ora del tuo appuntamento. Prendiamo la 73, così ti porto fino all'Idroscalo.»

«Senti, posso andare anche da sola... non c'è bisogno che mi accompagni...»

«Ti vergogni perché ci sono io?» chiese divertito.

«MA NO! È solo che...»

«Tranquilla, Bea, lo faccio volentieri. E poi dobbiamo ancora parlare.»

Arrivò la 73, che attraversava la parte sud di Milano seguendo la direzione dell'aeroporto di Linate.

«Allora?» disse lei. «Si può sapere che cosa devi dirmi?»

«Sediamoci» la esortò lui.

Trovarono due posti vicini, attaccati al finestrino.

«Credo di aver fatto una cazzata a venire qui» buttò lì Andrea, tutto d'un fiato.

Bea sgranò gli occhi. «Qui a Milano?» chiese.

«Sì. Ed è un casino, ora. Perché non so cosa fare. I miei si aspettano che io concluda i miei studi a Milano.»

«Ma Economia ti piace?»

Andrea, che fino a quel momento aveva tenuto gli occhi fissi al finestrino, si voltò a guardarla.

«Per nulla.»

Lei sospirò. «Cavolo, sei messo bene...»

«Tu che faresti?»

«Se avessi dei genitori così pieni di aspettative come i tuoi? Mi impiccherei.»

Scoppiarono a ridere.

«Be', magari c'è un modo un po' meno drastico, non credi?»

«Sì. Parlargliene, ma ti consiglio di metterti un giubbotto antiproiettile.»

Andrea si voltò di nuovo, lo sguardo perso tra il traffico della città. «Già...»

«Ma non c'è nulla che ti piaccia del tuo corso di laurea?»

«Ci ho provato, Bea. Non sai quanto ci ho provato a farmelo piacere. Ma ogni volta penso a quanto sarei più felice a studiare Filosofia. Avrei bisogno di qualcosa che mi spronasse per affrontare i miei. Ti andrebbe di darmi un calcio nel sedere?»

Risero sinceri.

«Tra un po' siamo arrivati» disse Andrea.

«Di già?» chiese lei allungando il collo verso il finestrino.

«Pronta per il tuo incontro?»

«Io... è che...» bofonchiò.

Stavano passando accanto al Luna Park di cui aveva parlato Giacomo: sembrava una zona fuori dal centro.

L'autobus li fece scendere proprio di fronte a una cancellata da cui partiva una scalinata e lì, davanti a loro, si aprì la vista di un grande lago artificiale.

«È incredibile» commentò Bea.

«Be', l'Idroscalo non è il Lago di Misurina, ma visto che siamo a Milano non è male.»

Scesero dalla scalinata. Il sole si specchiava sul bacino creando riflessi vivi e intensi quasi accecanti. Da due pontili lì vicino partirono alcuni atleti in canoa e nell'anello asfaltato che girava attorno all'Idroscalo passò in bicicletta l'allenatore dei ragazzi. Sembrava una scena da college inglese.

«Qui vengo a rilassarmi ogni volta che posso» disse Andrea. «Sarà poca roba, ma per me è un'oasi.»

«Lo è» confermò Bea.

Nell'anello asfaltato che girava attorno c'era gente che faceva jogging, pedalava, andava sui pattini o sugli skate o semplicemente passeggiava.

«Dove hai appuntamento?»

Bea si guardò attorno e vide gli stabilimenti di canottaggio sulla sinistra. «Lì, credo, dove ci sono i pontili. Aspetta che gli scrivo.»

Bella: Sono arrivata. Tu dove sei?

«Non ti sembra una scena già vissuta?» le chiese Andrea all'improvviso.

Lei lo guardò. «Fin troppo.»

Si fissarono per un attimo che parve un'eternità.

«Hai davvero così tanta voglia di conoscerlo, Bea?»

«Voglio solo chiudere il cerchio. È nato tutto per caso, mi sembra sia una persona carina, che ha bisogno di aiuto, e se posso fare qualcosa va bene.

Strano, in questi giorni un sacco di persone hanno bisogno di aiuto...»

Andrea annuì.

«Tu lo sai, vero, che sono venuto a studiare a Milano anche per te?» le disse all'improvviso.

Bea trasalì. «Cioè?»

«Volevo staccarmi da te dopo i casini di quest'estate, ma ho solo peggiorato la situazione.»

Era la prima volta che parlavano dell'estate precedente.

Mille domande si affacciarono in testa a Bea. «Andrea, io...»

«Andiamo» disse facendole strada. «Se no arrivi in ritardo.»

Entrò nel circolo canoistico e subito aprì un'altra porta, che sbucava sul giardino e sul pontile antistante, lo stesso che si vedeva dal cancello d'ingresso.

Bea notò la disinvoltura con cui si muoveva Andrea all'interno del club, come se lo conoscesse.

«Andrea...» lo chiamò.

Ma lui proseguiva imperterrito. Scese per una piccola scaletta di ferro approdando sull'imbarcadero. Bea lo seguì.

«Andrea... forse è il caso che ora io rimanga sola...»

«Sì, vado.»

Sulla riva opposta erano ormeggiati pedalò e qualche barca. I pontili brulicavano di canoisti che riportavano le canoe ad asciugare a riva.

Bea camminò fino alla fine del pontile osservando le barche. Poi ne vide una con la scritta FEDERAZIONE

ITALIANA CANOA E KAJAK. Aveva già visto quella scritta! Su una delle foto che E.B. aveva postato.

«In teoria dovrebbe essere qui» disse lei, fissando la riva.

Andrea era dietro di lei.

«Ha risposto al tuo ultimo messaggio?»

Lei prese il cellulare e aprì *Mitubùk*. «No.»

PLIN.

Sobbalzò. «Anzi, sì!»

E.B: Sono qui, proprio di fronte a te.

Bea alzò lo sguardo e vide solo i canoisti sulle barche.

«Ma dove?» disse spazientita.

E.B: Scema, voltati.

Il nastro si riavvolse con prepotenza.

Le foto postate da E.B., come quella che ritraeva la libreria (ecco perché la libreria di poco prima non le era sconosciuta!), il libro di Coe, i libri di Cameron, quello che le scriveva E.B., la sensazione di sicurezza che riusciva a darle anche a distanza. Come aveva potuto essere così cieca?

«Avrai pensato che io fossi davvero una scema» disse Bea, ancora voltata di spalle.

Sentì Andrea ridere.

«Mettiamola così: ho avuto più tempo per corteggiarti» rispose lui.

Bea deglutì. «Non ci posso credere...»

Faceva fatica a parlare, scossa da un ciclone di pensieri, emozioni, parole, e anche qualche lacrima.

«Cosa, Bea? O vuoi che ti chiami Bella come allora? Dai, voltati per favore, mi sento così idiota a parlare alla tua nuca.»

A Bea partì un singhiozzo traditore. Inspirò e alla fine si voltò, lentamente.

Andrea le stava sorridendo.

«E.B. Edward e Bella. Come vedi non ho fatto una scelta molto diversa dalla tua.»

«Quindi... tu sapevi» sussurrò.

«L'ho capito subito: dal nome, perché solo tu potevi usarlo di nuovo, caparbia come sei, e dalle foto, dal gatto, dai dintorni.»

«Mi stai dando della dilettante?»

Andrea fece un passo verso di lei.

«No, ti sto dicendo che ti avrei comunque trovata tra mille. Ti ho riconosciuta e sono stato a guardare.»

Anche Bea si avvicinò. Ora erano a pochi centimetri.

«Come allora, come un anno fa...»

«Come allora. E ti ho aspettato.»

Appoggiò le labbra su quelle di Bea, lei dischiuse le sue, invitandolo. Fu un bacio lungo, a tratti dolce e lento, in altri deciso e ambizioso, richiamando movimenti, contatti e odori noti. Ma forse anche un po' nuovi.

Si staccarono e, continuando a tenere gli occhi incollati per non perdersi nulla, si sorrisero.

«Ho bisogno di sedermi» disse Bea, stordita. Prese

Andrea per mano e si abbandonò sul pontile. In un attimo cercò di nuovo la sua bocca: voleva sentire la sua pressione dappertutto, la sua presenza addosso.

«Non posso credere di essere qui, ora, con te... *di nuovo* con te.»

Continuarono a baciarsi per un tempo interminabile, a volte ridendo e a volte diventando seri all'improvviso, mordendosi le labbra, il collo, un lobo dell'orecchio, per poi fare di nuovo marcia indietro con un casto bacio sulla punta del naso.

«Dio come mi sei mancata...»

Bea poteva intuire il desiderio di Andrea, ma soprattutto le fu chiaro il *suo*. Era lei ora, lei e la sua passione, il suo essere selvaggio, pronto a risvegliarsi e a richiamare le pulsioni che rendono vivi, unici e potenti.

Di colpo Andrea prese il viso di Bea con due mani e la fissò per un istante negli occhi.

«Io ti amo.»

Lo disse come se fosse una verità che non si discute. Una legge fisica. O un'equazione.

«Ti amo anch'io» rispose lei.

Il sole era tramontato del tutto, attorno c'era silenzio, a parte il lontano motore di qualche auto.

I due ragazzi, come richiamati dalla calma strana e solitaria, si rialzarono, ebbri e scompigliati. Si scambiarono un'occhiata, scoppiando a ridere, poi si guardarono in giro: una leggera nebbiolina stava salendo dall'acqua. Creava un paesaggio quasi irreale e ampliava l'inquietante sensazione di essere ormai gli unici ospiti all'Idroscalo.

«Oh oh, ho un brutto presentimento...» disse Andrea.

Osservò il lago spoglio di barche, l'anello asfaltato deserto, le luci del club spente.

«Vieni.» Prese Bea per mano e risalirono dal pontile verso il club nautico. Cercarono di aprire la porta: chiusa.

Corsero verso la strada asfaltata e salirono le scale che portavano al cancello d'entrata: chiuso.

Sulle sbarre c'era appeso un cartello: *IL GIORNO 5 GENNAIO L'IDROSCALO SEGUIRÀ IL SEGUENTE ORARIO: DALLE 7 ALLE 15.*

Era il 5 gennaio. Ed erano già le 18.

La temperatura era scesa.

«Quindi siamo chiusi dentro?»

«Pare di sì.»

Bea si alzò il cappuccio sulla testa, i capelli si stavano già arricciando per l'umidità.

«Scendiamo di nuovo al club.»

Andrea afferrò la mano di Bea e insieme corsero ad affacciarsi a una delle finestre. Sbarrata. Proseguirono su quella successiva: chiusa anche quella. Batterono il perimetro di tutto lo stabilimento, finché non si accorsero che c'erano anche delle finestrelle più piccole, più in alto, e quelle erano aperte!

«Danno sulle docce» disse Andrea. «Sono molto strette, però...» Squadrò Bea. «Ti faccio scaletta e provi a entrare tu che sei più minuta. Una volta dentro, esci dallo spogliatoio e va' in segreteria: lì ci sono tutti i mazzi di chiavi.»

«Ok.»

«Togliti il giubbotto, altrimenti non passi.»

Bea ubbidì, poi appoggiò il piede sulle mani intrecciate di Andrea a fare da scaletta. Conquistò la balaustra delle finestrelle e, facendo perno con gli avampiedi sul muro, riuscì ad arrampicarsi.

«Mitica.»

Bea si insinuò dentro e si lasciò cadere con un tonfo. Accese le luci per farsi strada fuori dagli spogliatoi.

Una volta in segreteria, non ci fu bisogno di prendere tutti i mazzi di chiavi e provarli, perché su uno c'era scritto PORTA D'ENTRATA. Andò verso l'uscio, dove dal vetro vide l'ombra di Andrea e, armeggiando un po', riuscì a trovare quella giusta: dopo qualche secondo Andrea era dentro.

L'abbracciò di slancio. «Per questo ti adoro, perché sei anche una tipa in gamba.»

«E ora? Che facciamo? Chiamiamo qualcuno che ci venga ad aprire?»

«Boh...»

Scoppiarono a ridere. Anche se erano bloccati lì erano animati da una strana euforia.

Andrea le mise le mani sulle spalle. «Vuoi davvero uscire di qui?»

Bea alzò le spalle. «Ma c'è qualcosa da mangiare?»

Andrea la condusse con passi decisi verso il corridoio dove campeggiava una macchinetta distributrice di cibo. C'erano salatini, patatine, tramezzini, biscotti, brioche. Poi c'era il distributore di bevande, fredde e calde.

«Non si muore certo di fame. E io di monetine ne ho a sufficienza.»

«E dove dormiamo?» chiese lei.

Lui la prese per mano e la scortò in una stanza, l'ultima del corridoio: quando aprirono sentirono una temperatura completamente diversa, molto più tiepida.

«Qui, nell'anticamera della sauna» rispose Andrea con un sorriso.

In fondo alla stanza c'erano tre lettini e una panca con sopra delle coperte. Sulla destra si apriva la porticina di legno della sauna.

«Allora, vuoi ancora andare via?»

«Per nulla al mondo.»

Si avvicinarono lentamente l'uno all'altro e si abbracciarono stretti stretti con le mani, con il corpo, con le lingue. Erano un unico essere amante e amato, un perdersi continuo nella propria follia d'amore. Pian piano, senza staccare le bocche, si liberarono dei rispettivi giubbotti, scarpe, jeans, maglioni e rimasero entrambi nudi.

Senza alcun imbarazzo.

Era tutto così diverso rispetto alla Corsica, così disinvolto. Sciolto. Senza spigoli. Era un amore rotondo.

Avvicinarono i due lettini e Bea si distese invitando Andrea a raggiungerla.

Lui le si sdraiò accanto.

«Non mi sono mai sentita così naturale come oggi, e mi domando perché non lo è stato prima» disse Bea.

Lui allungò una mano ad accarezzarle la schiena. «Perché eravamo troppo preoccupati. Tu, almeno, eri così nervosa, rigida, rancorosa, pensavo di non interessarti più e non capivo perché.»

Bea si alzò a sedere. «Parli della Corsica?»

«Sì.»

«Tu ti aspettavi che io... che noi... insomma non hai fatto nulla per cercare di capirmi!»

Andrea scosse la testa. «Io non mi aspettavo niente, Bea. Io volevo stare con te e basta, senza obblighi. Volevo te, volevo stringerti, coccolarti. Di sicuro i miei gesti non erano dettati dal desiderio di portarti a letto. O, almeno, non solo da quello. Ti desideravo, certo, come ti desidero adesso, ma non era l'unico mio pensiero. Per me l'importante era stare con te, godermi quella vacanza, e questo non l'hai capito.»

«Ma tu quella sera mi hai fatto capire che volevi stare con me in modo più esplicito!»

«Bea, tu hai voluto credere questo! Pensi proprio che per me la nostra storia si riducesse solo a fare o non fare sesso?» la incalzò.

Bea si morse un labbro. Sentiva che le parole di Andrea erano sincere.

«Quella sera ti ho abbracciato per dormire assieme, per stare con la pelle vicina» disse lui e le appoggiò una mano sul ventre. «La tua pelle mi ha sempre fatto impazzire, te l'avevo detto anche allora. È chimica, Bea, la nostra. La cerco ora, la cercavo l'estate passata. Pelle contro pelle.»

Bea chiuse gli occhi e appoggiò la mano su quella di Andrea che l'accarezzava lentamente, scivolando sulla pancia.

«Vorrei dimenticarti per poi innamorarmi di nuovo» disse lei.

«L'abbiamo già fatto. E guarda che casino è successo.»

Le afferrò la nuca e la baciò. Non fu più un bacio a intermittenza come sul pontile: fu passione pura.

I seni di Bea sembrarono guardarlo e implorare attenzioni. Andrea si chinò a baciarli.

Bea non aveva mai provato un piacere più *piacere* di quello.

A un certo punto Andrea si staccò e la fissò per un lungo istante, immobile, emozionato. «Dio, sei così bella...» disse infine.

Bea gli sorrise sentendosi proprio come Jade, la protagonista di *Amore senza fine*, quando parla della bellezza di annullarsi completamente nell'altro. Si aggrappò a lui, abbracciandolo con ogni centimetro del suo essere: voleva che i loro corpi si confondessero, voleva perdersi nel suo piacere.

E alla fine furono una cosa sola.

Erano distesi vicini, proni, i visi rivolti ognuno verso l'altro. Avevano addosso quella lentezza di parole e movimenti che indica una spossatezza piena, perfetta. Felice.

«La storia della chat di E.B., che poi eri tu...» disse Bea, la voce un po' roca.

«Eh.»

«Questa volta non è che volessi che fossi *proprio* tu.»

Lui si alzò su un gomito. «Ah, no? Volevi Emanuele?»

«No, sciocco. Cioè, non proprio.»

«E allora cosa?»

«In realtà avrei voluto te e basta, senza chat. E.B. era solo una scusa per convincermi a volere qualcun altro da amare, ma in realtà volevo provare le stesse emozioni che avevo provato sempre e solo con te. Io non volevo che E.B. fossi tu, non me ne fregava niente. Era solo per mantenere vivo il modo in cui mi sentivo quando mi ero innamorata. Perché io la mia follia d'amore l'avevo già vissuta. Per te.»

Andrea le accarezzò una guancia. «Hai detto una cosa bellissima.»

«È quello che provo.»

«Allora provi cose bellissime.»

Sorrise. Con un dito le accarezzò prima una spalla, poi la nuca, poi la schiena, facendo sulla pelle ricami lenti e delicati. Poi aprì il palmo della mano e continuò con un tocco lieve, mentre Bea rabbrividiva deliziata.

«Ecco, sai cos'è unica?» le chiese.

«Dimmi.»

«Questa cosa qua» disse portando la mano sul suo fianco nudo.

«La mia pelle?»

«Sì... No... Non solo.»

La guardò negli occhi, forse ricercando lì le parole giuste.

«È la tua temperatura» disse infine. «È perfetta per le mie mani.

Si svegliarono ancora abbracciati.

Senza dirsi niente, si strinsero forte, intrecciando le braccia e le gambe.

«Buongiorno...»

«Buongiorno amore...»

«Andiamo a far colazione?»

«E come facciamo a uscire da qui?»

«Io dalla porta, poi tu metti a posto la chiave, ti arrampichi con una sedia alla solita finestrella e scavalchi.»

Lei rise. «Sei una mente diabolica.»

«Lo so. Mi ami proprio per questo.»

Risero.

«Mmm... Aspetta ancora un attimo...»

Bea si accoccolò nell'incavo del suo braccio facendo aderire la sua pelle a quella di Andrea. «È così bello stare qui.»

«Hai ragione, pulce.»

Si strinsero di nuovo, ma a un certo punto lo stomaco di Andrea brontolò sonoramente.

Scoppiarono a ridere.

«Scusa se sono poco romantico, io però ho una fame...»

Si scambiarono un bacio e si alzarono per vestirsi.

Rimisero a posto i plaid, le sdraio, le carte del cibo che avevano prelevato alla macchinetta e poi uscirono.

I cancelli del parco dell'Idroscalo erano già aperti.

E anche quel giorno c'era un sole pazzesco.

Si presero per mano e camminarono fino alla fermata dell'autobus. Ogni tanto si guardavano e sorridevano.

«Dimmi a che pensi» chiese Andrea.

«Credo quello che pensi tu.»

«Vediamo.» E sorrise, dandole un bacio.

«Che non riesco a credere di essere così felice e di stare così bene con te.»

«Mmm, sì, allora ci hai preso.»

Si baciarono di nuovo.

Arrivarono a una caffetteria del centro e si sedettero all'aperto. Dopo aver ordinato, si allungarono sulle sedie, chiusero gli occhi si misero a prendere il sole, cercando però le rispettive mani sotto il tavolino.

«Io ti amo» disse lui senza muoversi.

«Io di più.»

Il cellulare di Bea squillò. Era sua madre che le chiedeva dove fosse. Le raccontò brevemente che era venuta a Milano con i suoi amici e che poi aveva incontrato Andrea («Sì, Andrea, mamma... poi ti racconto.»), i suoi amici però erano tornati a casa e lei invece era ancora lì.

«Torno oggi, perché domani c'è scuola. Sì... ok... tranquilla. Un bacio.»

Stava per rimettere il cellulare in borsa quando squillò di nuovo per una notifica.

Era Anna che le mandava una foto.

«Oh mio Dio...» disse Bea, portandosi una mano alla bocca.

«Che c'è?» chiese Andrea preoccupato.

Si sporse e vide la foto con il muro d'entrata del liceo imbrattato da un'enorme scritta colante vernice nera.

Bea era ancora immobile, a fissare quello scempio.

Anna scrisse di nuovo.

Anna: Questa "meraviglia" l'abbiamo trovata questa mattina. Io non ho parole, ma posso immaginare chi sia stato. Giacomo sta malissimo, questa volta: una scritta proprio nella sua scuola! Scusa se ti ho rotto le scatole, Bea, ma mi sembrava giusto informare anche te.

Bea rispose subito.

Bea: Ma certo, hai fatto benissimo. Torno a casa immediatamente. Aspettatemi.

Alzò lo sguardo verso Andrea. «Torno a casa.»

«Ora?»

«Sì. Devo fare qualcosa, anche se non so ancora cosa. Hanno superato il limite.»

«Aspetta solo un attimo» le disse lui, appoggiandole una mano sulla sua.

Lei scosse la testa. «Non posso Andrea. Tu vieni o no?»

Si alzò agitata: avrebbe voluto essere già a casa.

«Ti chiedo solo un attimo, Bea. Non essere precipi...»

«E cosa devo aspettare, Andrea? Che organizzino una ronda contro Giacomo? Che degeneri davvero in qualcosa di più serio?!»

«Bea, non siamo a questi livelli. E comunque sono d'accordo con te, ti chiedo solo...»

Ma Bea stava già afferrando la borsa e si muoveva con gesti bruschi. «Va bene, non vieni. Non capisci quanto sia importante per me difendere i miei amici.»

Andrea alzò gli occhi al cielo. «Cristo santo, Bea, non trarre sempre le tue conclusioni! Impara ad ascoltare!»

Ma Bea si stava già allontanando e attraversò piazza del Duomo correndo.

«BEA!» urlò Andrea.

Prese il primo treno ad alta velocità che trovò disponibile.

Il suo cellulare continuava a squillare ma lei rifiutava ogni chiamata di Andrea.

Le scrisse.

> **Andrea:** Sei una testona e come al solito non ascolti e non ti fermi a capire!

Bea non rispose.

Ancora una volta guardò il mondo scorrere via dal finestrino e fu invasa da una profonda tristezza. Perché quando sembrava che il caos avesse trovato un ordine andava tutto a rotoli?

Il mento le tremava e si sentiva scossa come se stesse ancora osservando la scritta brutta e nera della foto. Piangeva di tristezza per Giacomo, ma anche per la negata libertà di poter essere se stessi, piangeva per un mondo che, per quanto venisse decantato per la sua grandezza, in realtà era piccolo e stretto. Piangeva per quanto fosse difficile vivere in generale ed essere felici.

Voleva dare giustizia a Giacomo. In cuor suo aveva già l'amara sensazione che in futuro quell'episodio, per il suo amico, sarebbe diventato solo uno dei tanti. Ma ora che c'era ancora lei al suo fianco voleva aiutarlo con tutta se stessa. Fare il suo.

Quante Strozzi, e figli di Strozzi, e persone ottuse avrebbero incontrato ancora?

Prese il cellulare per liberare un po' la testa dal vortice di pensieri e aprì *Mitubùk*. Era un gesto automatico, un perdersi tra le foto di libri, i suoi amati libri. Fece scorrere l'indice e le cadde l'occhio sulla bacheca di E.B., che ormai non era aggiornata da tempo. Un groviglio di ricordi si presero a spintoni, ma lei li ricacciò indietro, anestetizzando il cervello.

Andrea...

PLIN.

Era arrivato un messaggio nella chat "Trasferta Milano": era di Ciutz.

> **Ciutz:** RAGAZZI! Guardate cosa mi ha inviato una mia compagna di scuola!

E inviò all'istante la foto di una ragazza che stava camminando con un paio di stivali rossi.

Bea provò un moto di insofferenza cui Anna diede voce.

Anna: Brava Ciutz, con quello che è successo avevamo proprio voglia di concentrarci su un paio di...

Ma il messaggio di Ciutz si sovrappose.

Ciutz: Ovviamente non sto parlando degli stivali (anche se devo ammettere che sono uno schianto!). Ingrandite lo sfondo *pliiiiis*.

Bea obbedì e dopo un attimo spalancò gli occhi sussultando.

Aveva appena capito che il luogo in cui era stata scattata la foto era davanti la sua scuola e sullo sfondo, davanti al muro, c'erano tre ragazzi che stavano componendo una scritta con le bombolette spray.

Quella scritta.

E tra i ragazzi si potevano intravedere i riccioli di Ema.

Anna: Oh cavolo. Ciutz, devo ammetterlo, sei un genio.

Ciutz: 😎

Arrivò pure Giacomo.

Giacomo: Quindi sarebbero quelli della festa?

Ciutz: Sì! E si vedono pure bene!

Bea: Fatemi arrivare e poi ne parliamo. Assieme. La risolviamo assieme.

Ciutz: Ok. Ma io un'idea già ce l'ho.

Bea: ???

Ciutz: Tu pensa ad arrivare. Ci vediamo da Giori.

Bea: Ok.

Anna: A dopo.

Giacomo: Ci sarò.

Una volta arrivata in stazione, Bea prese l'autobus che la portò da Giori, il bar del centro. I suoi amici la stavano già aspettando. Li abbracciò forte prima di sedersi, soffermandosi soprattutto su Giacomo.

«Li sconfiggeremo. Ma dobbiamo fare le cose per bene.»

«Secondo me sei parecchio ottimista.»

«Scommettiamo?»

Giacomo afferrò un braccio a Bea. «E com'è andata con Andrea?» sussurrò.

«Poi vi racconto» rispose sbrigativa. «Ora dobbiamo pensare a cosa fare.»

Arrivò il cameriere e lei ordinò il solito analcolico alla frutta.

«Qualcosa di importante, che lasci un segno. Non voglio che sia solo una nostra battaglia» disse pensierosa.

«Senza contare che si tratta del figlio di un'insegnante» aggiunse Anna con un sorrisino sinistro.

«E allora chiamiamo la cavalleria pesante» disse Ciutz.

Tutti si voltarono a guardarla: aveva gli occhi che brillavano di una strana luce.

«Hai già in mente qualcosa?»

Annuì. «Tirate fuori i vostri cellulari.»

Furono contattati tutti attraverso la chat della classe: Noccioli, Pizzicotti, la Bolognini, la Spisani. Nicoletti, la Federici, Paltrinieri, la Turati. Anche la Barotto inaspettatamente accettò, proprio lei che era sempre stata così poco incline ad atti sovversivi. Poi furono chiamati anche gli alunni di altre classi: si spiegò loro la storia della scritta (ma molti l'avevano già vista) e quello che avrebbero voluto fare l'indomani, primo giorno di scuola dopo le vacanze.

«Insomma, un inizio col botto» fu il commento di Bea.

Ci sono momenti in cui ragazzi di diciassette anni, spesso considerati dagli adulti egoisti, indolenti e incapaci di azioni coraggiose, danno sfoggio di uno spirito di comunione e appartenenza senza eguali.

Quel giorno avvenne questo piccolo miracolo, perché tutti accettarono le bizzarre condizioni con cui si sarebbero dovuti presentare a scuola. Ormai bisognava che ognuno scegliesse da che parte stare.

E i ragazzi scelsero.

Il giorno dopo tutta la II D, Ciutz e altri alunni si diedero appuntamento davanti alla scuola, presentandosi come pattuito. I maschi avevano dovuto rompere un imbarazzo iniziale, ma poi si erano abituati all'idea. Ovviamente era stata Ciutz a seguire tutte le operazioni.

Si incontrarono proprio di fronte al muro della vergogna.

Alla vista della scritta che colava inchiostro nero, Giacomo fremette, ma le amiche, intuendo il suo stato d'animo, gli presero la mano. «Vedrai che quella roba lì domani non ci sarà più» disse Anna.

La campanella suonò.

Si scambiarono una rapida occhiata, poi si presero tutti per mano e, con passo malfermo, si incamminarono verso il portone della scuola.

Quando le bidelle videro l'insolita truppa avvicinarsi, si precipitarono a chiamare il preside che, guarda caso, era a colloquio proprio con la Strozzi.

«Signor Preside è meglio che venga nell'atrio» disse la bidella soprannominata "Hollywood", quella tutta bionda.

«Va bene. Tra un attimo» rispose evasivo.

«Subito, signor Preside.»

Colpito dal tono perentorio della bidella, il Preside si alzò e uscì dall'ufficio, seguito dall'ombra piccola e nervosa della Strozzi.

Si diressero nell'atrio, trovandosi di fronte un piccolo esercito di ragazzi che facevano cordone tenendosi per mano. Al centro c'erano Bea, Giacomo, Anna e Ciutz.

«Cos'è questa pagliacciata?» squittì la Strozzi piantando occhi appuntiti su ogni studente. «Non siamo mica a carnevale!»

I ragazzi, maschi e femmine senza distinzione, erano vestiti con gonna e tacchi alti.

Giacomo in prima fila.

La Strozzi fece un passo avanti con aria minacciosa. «Che cosa state facendo? Questa è una scuola, non un tendone da circo! Mazzanti, è un'idea tua, vero?»

«No, prof, è un'idea di tutti» rispose la Spisani.

La Strozzi sussultò e si voltò verso il Preside, certa che avrebbe messo a tacere quel manipolo di studenti indisciplinati.

Ma il Preside rimaneva immobile e in silenzio. Pareva molto attento a quello che i ragazzi dicevano. Così Bea si schiarì la voce.

«Non c'è più solo Mazzanti, non c'è più solo un ragazzo un po' strambo, almeno come lo vedono alcuni, che ogni tanto si mette i tacchi e fa temi originali. Qui, ora, siamo tutti un po' Giacomo e vogliamo opporci a un modo di pensare vergognoso, lo stesso che ha fatto sì che alcuni esseri infami imbrattassero il muro della scuola con quella scritta vergognosa.»

La Strozzi, che fino a quel momento era stata presa a guardare prima il Preside poi i ragazzi, esplose. «E vi sembra questo il modo di portare la vostra testimonianza? Vestirvi da pagliacci, esattamente come quelle macchiette di... mezzi uomini che si vedono al gay pride? Sono molto, molto delusa da voi. La II D è la classe peggiore che mi sia mai capitata!»

Poi si rivolse al Preside e sussurrò a denti stretti. «Signor Preside, mi scuso per questa scena patetica e sappia che appoggerò qualsiasi provvedimento disciplinare vorrà infiggere alla classe. Per colpa loro la nostra scuola si sta coprendo di ridicolo.»

E indicò gli alunni delle altre classi, i professori, le bidelle che si erano affacciati sull'atrio a osservare la scena.

Ma in modo del tutto inaspettato il Preside sorrise. «Non credo proprio, professoressa. Anzi, questi ragazzi ci stanno dando una grande lezione di civiltà.»

La Strozzi si raggelò. «Ma... signor Preside...»

Il Preside avanzò verso gli alunni. «Avete ragione, ragazzi, mi vergogno anch'io della scritta là fuori e mi vergogno del significato che può avere per molte persone, dell'enorme offesa che può arrecare. Le parole sono importanti, è da lì che si inizia a cambiare il modo di pensare.»

Poi guardò Giacomo. «Sono orgoglioso: il vostro gesto sarà d'esempio a tutti. Per quanto mi riguarda vi prometto che chiamerò subito la ditta degli imbianchini per pulire il muro.»

Anna fece un passo avanti. «E perché non lo possiamo fare noi?»

«Ma... ci manca solo questo!» bofonchiò la Strozzi.

«Due ottime idee in una sola giornata» esclamò il Preside. «Bene, accolgo la proposta. Oggi grande lezione di coscienza civica al liceo, mi piace.»

Prima uno, poi un altro, poi un altro ancora: l'atrio intero fu invaso da un applauso corale, un ritmo completo e avvolgente.

Bea, Anna, Ciutz e Giacomo si guardarono emozionati: ce l'avevano fatta. Almeno quel gesto simbolico era stato capito.

Alla fine del lungo applauso, il Preside si voltò verso la Strozzi che ormai era un residuo di se stessa. «Mi congratulo con lei, professoressa. Dovrebbe essere fiera di avere trasmesso ai suoi alunni questi ideali di tolleranza, unione e partecipazione. L'ho sempre pensato che gli inseganti di lettere avessero una marcia in più.»

A Giacomo, Bea e Anna non era affatto sfuggito il tono ironico.

«Perché noi, professoressa» continuò, «non siamo qui solo per far imparare Dante e Manzoni, ma per formare nuovi uomini, nel senso più umanistico del termine.»

Annuì soddisfatto e diede disposizioni alle bidelle di procurare pennelli e vernice per il muro esterno.

La Strozzi, una volta rimasta sola, si guardò attorno con aria stranita. Le braccia penzolavano stremate, come lei.

Era il momento giusto. Bea radunò Giacomo, Anna e Ciutz e si avvicinarono alla professoressa.

La Strozzi ebbe ancora la forza di sfoderare il suo sguardo più inceneritore. «Che volete?»

Bea prese il suo cellulare e lo piazzò davanti al muso della Strozzi, mostrandole la foto.

«Come vede, sullo sfondo, ci sono tre ragazzi che stanno imbrattando proprio il muro qui fuori, quello che *noi* ora andremo a ridipingere per renderlo di nuovo bianco, vergine e puro.»

La Strozzi guardò la foto e pian piano i suoi occhi si spalancarono.

«Io credo che abbia riconosciuto quei tre ragazzi, soprattutto uno di loro.»

Gli occhi della professoressa erano vitrei. Increduli.

Bea rimise il cellulare in borsa.

«Noi ci siamo fatti un'idea molto precisa su di lei, professoressa, e soprattutto su suo figlio. Crediamo che lei non potrebbe insegnare non tanto per mancanza di preparazione, quanto per la sua visione ristretta del mondo e per la sua intolleranza. Noi crediamo che un'insegnate di letteratura dovrebbe avere tolleranza, intelligenza, propensione verso l'umanità: sono tutte qualità che a lei mancano.»

La Strozzi balbettò senza emettere suono.

«Ma per ora dobbiamo tenerci lei come professoressa» continuò Giacomo. «L'importante però è che lei abbia guardato bene la foto che tutti noi abbiamo sui nostri cellulari. Ogni volta che verrà scossa da qualche moto di intolleranza, pensi a questa foto, prof.»

Era troppo per lei: si voltò di scatto e si allontanò rapidissima verso la sala professori, tenendo la testa incassata tra le spalle e le mani strette a pugno.

Giacomo si voltò verso i suoi compagni. «Oh, ragazzi, e dico proprio a tutti, grazie» mormorò con gli occhi lucidi.

«Grazie un corno» rispose Noccioli. «Camminare su questi trampoli è stato un incubo. Ma come cavolo fai?»

«Perché non hai il piede affusolato, Nocciu. Sei troppo *macho,* ecco cosa sei.»

Risero, ormai rilassati. E con una bella sensazione appiccicata addosso.

Era davvero difficile pedalare con i tacchi, si disse Bea. Non si sarebbe mai abituata. Lei era una ragazza da sneackers, mica da zeppe.

Si portava addosso, oltre ai due stiletti, una stanchezza generata da emozioni contrastanti. Le sembrava che nel suo animo fossero scoppiati mille petardi.

Sì, era stanca, e anche un po' triste. Così decise che se ne sarebbe andata a letto subito dopo pranzo.

Svoltò per via Pomposa, pronta a imboccare la strada di casa. All'improvviso una musica echeggiò nell'aria, come se fosse in filodiffusione. Si guardò attorno.

Cade la pioggia. La canzone dei Negramaro.

Bea frenò. Scese dalla bici e la spinse a mano, percorrendo la via a piedi. Più avanzava verso casa, più la musica si avvicinava. All'improvviso si accorse che stava accelerando il passo, come se avesse fretta di raggiungere il cancello.

E quando arrivò lo trovò là, appoggiato con la schiena al muretto. Andrea la stava fissando a braccia conserte, con un'aria truce che non gli aveva mai visto. Non seppe se fosse perché intimidita da lui o emozionata dalla musica, la *loro* musica, ma abbassò lo sguardo.

E lì, con gli occhi fissi sul marciapiedi, capì di colpo di essersi comportata da cretina. Ancora una volta aveva tratto le sue conclusioni senza avergli dato modo di parlare, di spiegarsi.

Sentì i passi di Andrea sempre più vicini, finché le sue scarpe non si fermarono a pochi centimetri da lei.

«Allora?» le chiese lui brusco. «Hai finito di scappare da me? Da *noi*?»

Bea si sentì avvampare, ma per fortuna il viso era nascosto. «Andrea...»

Giuliano dei Negramaro intanto continuava a cantare.

«Tu niente, Bea!» urlò. «Così non possiamo andare avanti. Anzi, no. Io *voglio* andare avanti, ma, d'ora in poi, detto io le regole, cazzo.»

Bea trasalì e finalmente alzò la testa.

Non lo aveva mai visto così deciso. Quasi rude.

Lui prese un respiro e continuò a parlare cercando di avere un tono più calmo. «Ti avevo chiesto di aspettare non perché considerassi il problema di Giacomo di poco conto, ma solo perché volevo un po' di tempo per preparare le mie di valigie e venire via con te. Solo un po' di tempo, cazzarola, era questione di un paio d'ore!»

«Con... me?» ripeté esterrefatta.

«Sì, con te, testona che non sei altro! Anche se me ne sono già pentito.»

«Oddio, Andre...»

La prese per le spalle e la costrinse a guardarlo dritto in faccia.

«Lo vuoi capire che ti amo? Lo vuoi capire che voglio te?»

Le si inumidirono gli occhi.
«Bea, sono venuto via da Milano perché Milano era uno sbaglio, Economia era uno sbaglio. Tu avevi ragione, e io torto. Filosofia è la mia strada. Dovevo darti retta, ma allora, quando l'ho scelta, ero guidato dalla delusione del momento, da quello che...»
Un singulto gli impedì per un attimo di continuare.
«Da quello che ci era successo. E l'altro giorno avrei voluto che tu ci fossi, che fossi con me mentre chiudevo questa porta della mia vita. Ma cacchio, non mi hai dato il tempo! Sei scappata via come al solito!»
«Andrea, scusami...» disse Bea, sentendosi in colpa. Gli prese una mano.
«Be', la porta l'ho chiusa lo stesso, e io ora sono qui. Per sempre. Ci sono tante cose sfocate nella mia vita, ma tu... tu rimani perennemente nitida alla mia vista.»
Il mento le tremava. «Ok, sono stata una stronza.»
«Sì, lo sei stata» sorrise lui.
«Ora, ti prego, abbracciami.»
Lui incrociò le braccia sul petto.
«Lo farò solo se prometti che d'ora in avanti tutto ciò che *ci* riguarda lo affronteremo insieme. Parleremo, Bea, ci confronteremo per ogni cosa, dai biscotti da mangiare a colazione, al colore della carta igienica.»
Le scappò da ridere. «Va bene.»
«Non mi basta un "va bene". Devi promettere, capito? Perché sono stanco di correrti dietro ogni volta che scappi e, per quanto sia innamorato pazzo

di te e anche del tuo carattere del cavolo, pensa un po', ora mi devi aiutare anche tu.»

«Ti prometto ciò che vuoi.»

«Allora promettimi che d'ora in avanti saremo *noi*. Ci sarà Bea, certo, come ci sarà Andrea. Ma ci saremo anche *noi*.»

«Noi. Sì.»

Ora i loro visi erano vicinissimi e lei sentiva quella sensazione di vuoto, di vertigine, che solo lui avrebbe potuto colmare.

Avvicinò il viso alla sua bocca e lo baciò per suggellare la loro promessa.

«Io sono pronta.»

Dal diario di Bea

Gennaio

Che cosa mi porto nel nuovo anno?

I "purtroppo": la mia tendenza ad arrossire per qualsiasi cosa, ma prima o poi me ne farò una ragione.

Poi il mio carattere da testona che a volte mi fa tirare conclusioni sbagliate. Ma ci sto lavorando, giuro! Sto imparando a contare fino a cento (mille?) prima di fare qualche cavolata.

I "per fortuna": Andrea. Quello di un anno fa e quello di adesso, perché di lui mi sono innamorata per ben due volte. Ora che ce l'ho finalmente al mio fianco, me lo tengo stretto.

Lui è speciale.

Noi siamo speciali.

Noi e la temperatura perfetta della nostra pelle.

Finito di stampare nel mese di maggio 2023
presso Grafica Veneta S.p.A.
Via Malcanton, 2 – Trebaseleghe (PD) – Printed in Italy